꼴찌 만세

강순아 동화 · 서진 그림

아동문예

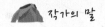

곱고 맑은 세상을 꿈꾸며

나는 백제의 왕궁터에서 학교를 다녔습니다.

학교엔 아름드리 은행나무가 있어 가을은 온통 노란빛이었습니다. 제민천 둑 맑은 물엔 빨갛고 노란 가을 잎들이 둥둥 떠내려 왔지요. 제민천의 물은 읍내 중앙을 가로질러 흘렀고 사철 물빛은 맑았습니다. 그 물은 저 높은 곳에 있는 수원지에서 내려오는 물이었습니다.

이 동화집 속에 나오는 「호숫가의 아이들」은 그때 그 시절 이야기입니다. 학보사 기자였던 나는 틈만 나면 산으로 들로 들꽃과 단풍에 취해 쏘다니며 '호숫가의 아이들'을 썼습니다. 그 시절 한창 인기 있었던 월간 《소년》지에 뽑힌 나의 첫 당선작품입니다.(검돌 이석현 선생님이 뽑아주셨고. 캐나다로 이민 후 거기서 타계하심)「꼴찌 만세」도 그 시절에 쓴 글입니다.

작품 정리를 하는 나를 넘겨보던 아들이

 - 엄마, 지금은 AI 시대에요. 그런 작품이 요즘 아이들에게 재미있게
   읽힐까요?

아들의 이야기를 듣고 나를 돌아봅니다. 지나 온 세월이 눈 깜짝할 사이인 것 같은데 모든 게 너무 빨리 변했습니다. 음식을 주문할 때도 키

오스크나, 티오더를 이용해야 하고 레스토랑에 가면 서빙 로봇이 음식을 나르고 빈 그릇을 가져갑니다.

여러분은 자면서도 보고 싶은 친구, 아끼는 하나뿐인 것을 친구와 나눠 쓰고 싶은 친구, 짐수레에 빈 박스를 가득 싣고 가는 할머니를 도우러 뛰어가는 친구, 비 오는 날 찢어진 우산을 들고 가면서도 즐거운 친구, 이런 친구들이 있는지요?

파란 비닐우산에 떨어지는 비 소리는 음악이다
풍풍 땅위에 떨어진 빗방울이 꽃이 되는 세상.

선생님은 「호숫가의 아이들」이나 세영이 같은 아이들이 그립고 그 시절로 돌아가고 싶습니다. 둘러보면 아름다운 것들, 안타까운 일들도 참 많습니다. 세상엔 도움을 받아야 하는 사람이 있고, 누구든 누구에게나 무엇으로든 도움을 줄 수 있는 능력이 있습니다. 호숫가의 아이들처럼 서로 돕는 아이들. 세영이처럼 더디고 모자란 아이에게도 영광된 날은 있을 거고요. 그래서 세상은 살 만한 곳입니다.

경주 용담정 아랫마을에서 강순아

강순아 동화

꼴찌 만세

-차례-

몽글이 갖고 싶어

민지는 유치원 버스에서 내려 집으로 가며 하나에게 물었습니다.

"하나야, 우리아파트는 강아지 많이 키워. 너네도 있어?"

"응, 한 마리. 키워."

"한 마리?"

"응, 한 마리. 너는?"

"난, 일곱 마리야."

"뭐? 일곱 마리? 아파트에서 일곱 마리면 아래층에서 시끄럽다 안 해?"

"응~, 그 건 말이야. 그건… 장난감 강아지거든."

빠르게 대답을 한 민지는 까르르 웃었어요.

"야, 놀리지 마."

"거짓말 아니고 진짜야."

민지가 부러운 표정으로 하나에게 물었습니다.

"하나야, 네 강아지는 너와 친하지? 네 동생처럼."

"그럼. 우리 강아지는 몽글이야. 하얀 털이 만지면 몽글 몽글해. 나 졸졸 따라 다녀."

"좋겠다. 우리 엄마는 절대로 털 많고 움직이는 강아지는 안 된대. 내가 강아지, 강아지… 할 때마다 장난감 강아지 사 주셔서 일곱 마리나 됐어."

"일곱 마리면 강아지 이름도 일곱? 이름 누가 다 지었어?"

"엄마하고 나하고. 새싹, 바우, 마루, 오로나, 밍키, 아침, 모모."

"어머나, 별별 이름 다 모였네."

아침 일기예보에서 오후부터 천둥 번개가 친다더니 빗방울이 떨어졌어요. 하나와 민지는 가방을 머리에 이고 가까이에 있는 홈플러스 마트까지 뛰어갔습니다. 하나는 몽글이 준다며 코티지치즈와 플레인 요구르트를 샀습니다.

"아, 이런 걸 좋아하는구나. 강아지들도."

"여기 치즈와 플레인 요구르트는 칼슘이 많아. 애완견도 뼈가 튼튼해야 하거든."

"아하, 그렇구나."

몽글이 배고프겠다며 재빨리 엘리베이터를 타는 하나를 민지는 부럽게 바라봤습니다.

민지는 터덜터덜 걸어 피어나 아파트 155동 1302호 현관문을 열었습니다.

다른 날보다 더 조용했습니다. 민지는 거실을 지나 자기 방문을 열었어요. 한 발을 떼는데 뭔가 발에 탁 걸렸습니다.

"야! 밍키, 언니가 오면 일어나 인사를 해야지. 발에 밟히게 뭐 있음 되나?"

"너희들 다 일어서! 인사 해. 밍키. 바우, 마루, 오로나,

새싹, 아침, 모모, 인니가 이렇게 예쁜 이름을 지어 줬는데도 아무도 안 일어나?"

침대 위에, 침대 밑바닥에, 책상 위에, 여기저기 뒤 있을 뿐이었죠.

"아무도 안 일어나지? 잘 들어. 오늘부터 언니, 민지는 너희들과 안 놀아."

"야, 너희들은 백 명 있어도 소용없어. 낯선 사람이 와도 짖지도 못하고 안아도 따뜻하지도 않고 반갑다고 꼬리도 못 치고…. 이제 나는 너희와 친구 안할 거야."

민지는 강아지 인형 모두를 장난감통 안에 넣고 뚜껑을 쾅! 닫았습니다.

"내가 이래도 너희들은 갑갑하다고 소리치지도 못하잖아."

민지는 책가방을 던지고 침대에 벌렁 누웠습니다. 그런데 웬일이지요? 시원하지도 기쁘지도 않았습니다. 방안은 다른 날보다 더 더욱 조용했습니다.

화풀이를 했는데도 괜히 짜증만 났어요. 집은 왜 이리 조용하지? 동생이라도 있었으면. 학교 갔다 오면 하나네 강아지처럼 귀엽게 꼬리치고 앙증스레 짖는 강아지라도 있었으면 얼마나 좋아. 투덜투덜 대며 이불을 푹! 뒤집어썼습니다.

유치원 버스를 타러갈 때 엄마가 하시던 말씀이 생각났어요.

"민지야, 엄마 여고 친구들 만나고 올게. 간식 만들어 놨으니 먹고 티비 보고 있어."

조금씩 내리던 비가 소리를 내며 창문에 부딪치고 있었습니다. 비가 더 오면 어쩌지? 누가 벨을 누르면 어쩌지? 갑자기 가슴이 쾅쾅 뛰었어요. 민지는 베개를 꼭 안고 눈을 감았습니다.

얼마나 잤을까?

어느 사이 엄마가 오셨는지 돈가스와 우유를 가지고 문을 열었습니다.

"맨날 여기저기 장난감 강아지가 널려있더니 엄마 들어

올 때는 하나도 안 보이더라. 어디에 숨겼지?"

"저기, 장난감통!"

"갑자기 장난감통에 넣기는, 왜?"

"이제 이 애들하고 안 놀아."

"장난감 강아지마다 예쁜 이름을 지어 주더니 갑자기 친구하기 싫어?"

"애들은 내가 유치원 다녀와도 꼬리도 안 치고 눈도 안 맞추고 엄마도 안아봐. 따뜻하지도 않아."

"민지야. 애들은 장난감이잖아. 헝겊으로 만든 장난감 강아지, 살아있는 강아지가 아냐."

"엄마. 내 친구 하나는 몽글이가 있어. 하얀 털이 몽글몽글해서 이름을 그렇게 지었대."

엄마가 아무 말도 안하고 민지를 바라봅니다. 신나게 이야기하던 민지는 말없이 바라만 보는 엄마 손을 잡고 흔들며 간절한 눈빛으로 말합니다.

"엄마, 나도 몽글이 갖고 싶어. 눈처럼 하얀 털이 몽글몽글하대. 용돈도 아이스크림 안 사먹고 몽글이 간식

산대."

그래도 엄마는 아무 말씀도 안 하십니다. 그래서 민지는 엄마와 눈을 맞추며 더 애절하게 얘기합니다.

"엄마 동생 낳아 달라고 안할게 몽글이만 사줘. 응, 엄마. 엄마가 늦게 와도 울지 않을게. 천둥이 번쩍번쩍 쳐도 무섭다고 안할게."

드디어 엄마가 입을 열었습니다.

"안 돼. 몽글이 같은 털 많은 강아지는 더 안 돼. 민지가 더 크면 말해 줄게."

엄마는 또박또박, 분명하게 말했습니다.

"싫어! 엄마 미워!"

민지는 다리를 뻗고 울다 방으로 들어갔습니다. 침대에 엎드려 울고 울어도 엄마는 문을 열어보지 않았습니다. 한참 후 민지는 가만히 문을 열었습니다. 엄마도 안 보이고…. 민지는 덜컥 겁이 났습니다. 현관문을 살짝 열었습니다. 민지는 엘리베터를 탔습니다. 아파트 안 가게에도 엄마는 안 보였습니다. 엄마, 엄마, 부르면서 민지는 걸었어요. 어느 사이 공원 앞이었습니다. 아이들이 많았습니다. 강아지도 많았습니다.

'어? 몽글이네. 몽글아.'

민지는 뛰어 갔습니다. 처음 보는 할머니가 몽글이 닮은 강아지를 데리고 천천히 걷고 있었습니다. 민지는 가까이 갔습니다. 꼭 몽글이었습니다.

"몽글아,"

"누구여? 얘는 뽀미여."

"친구 하나네 몽글이 딱 닮았어요. 좀 만져 봐도 돼요? 할머니."

"그려. 뽀미 커피 뽑아주려고 했어."

"커피?"

벌써 할머니는 저만치 가고 계셨습니다. '커피? 커피는 엄마들이 좋아하는데….' 고개를 갸웃하며 뽀미 가까이 다가갔습니다.

뽀미를 만져도 될까? 가슴이 콩콩콩 뛰었습니다. 뽀미 등을 가만히 만지려는데 뽀미는 얼른 고개를 돌려 민지를 돌

아 봤습니다.

"괜찮아. 뽀미야. 할머니 가게 가셨어. 언니 괜찮아."

그때 마침 할머니께서 자판기 커피를 들고 오셨습니다.

"아, 맛있다. 너도 줄까?"

"아니요. 아까 뽀미 커피 뽑아준다고 하셨어요."

"내가 그랬나? 뽀미야, 너도 마실래?"

"안 돼요. 할머니. 커피는 어른들이 마시고 강아지 간식
은 따로 있어요."

"그려. 나 혼자 맛있게 마셔야지."

할머니는 커피를 마시며 의자에 앉아 그네 타듯 다리를
흔들흔들 하셨습니다.

"할머니, 매일 이 시간에 여기 뽀미 데리고 오셔요?"

"응, 나는 심심하니까 몰래 뽀미 데리고 와."

"왜, 몰래 데려와요?"

"얘네 엄마가 나도 뽀미도 못 나가게 해."

"그래도 할머니, 내일은 나오세요. 제가 뽀미 간식 사올
게요."

"몰라. 이 길. 내일도 이 길이 여기 있을까?"

할머니 말씀이 알쏭달쏭 했지만 민지는

"내일 또 오겠습니다."

공손히 인사하고 집으로 왔습니다.

엄마는 부엌에서 피자를 굽다가

"어디 갔다 오니? 네가 좋아하는 피자 만들려고 재료 사

왔는데…. 네가 안 보여 깜짝 놀랐어."

민지는 아직도 엄마에 대한 섭섭한 마음 때문에 엄마를

슬쩍 쳐다보는 척하다 방으로 들어갔습니다.

'엄마가 강아지 안 사줘도 좋아, 몽글이 같은 뽀미가 있으

니까. 매일 만날지도 몰라. 내 용돈으로 뽀미 간식도 사

줄 거야.'

엄마가 따끈한 피자를 쟁반에 담아 가지고 방으로 들어옵

니다.

"어디 갔다 왔지. 우리 민지."

"몰라."

민지는 핑! 토라져 방바닥에 엎디어 스케치북에 금방 본 뽀미를 그립니다.

엄마가 슬쩍 넘겨보며

"식으면 맛없다. 먹으면서 그려."

엄마가 방문을 닫자 맛있는 피자 냄새가 더 코를 간지럽힙니다. 피자 한쪽을 먹습니다. 달콤하고 고소합니다. 반을 남깁니다. 내일 뽀미에게 주려고 피자의 반을 남깁니다.

강아지는 절대로 사 줄 수 없다는 엄마의 쌀쌀한 말을 들은 후 엄마는 민지를 쬐금도 사랑하지 않는다고 생각했습니다. 유치원에 갈 때도 돌아와서도 인사도 안했습니다. 엄마가 상을 차려 놓으면 얼른 밥을 먼저 떠먹고 밖으로 나가 유치원 버스를 기다렸습니다. 할머니와 뽀미가 공원에 올 때쯤에는 공원에 가서 뽀미를 찾았습니다. 민지의 가방 속에는 항상 뽀미에게 줄 간식도 들어 있었죠. 그런데 할머니와 약속한 다음 날도, 그 다음 날도 할머니도 뽀미도 보이지 않았습니다.

그렇게 지내던 날이 닷새쯤 되는 날, 뽀미가 보였습니다.

민지는 한달음에 달려 갔습니다. 민지는 활짝 함박웃음을 띠고 할머니 간식과 뽀미 간식을 공원 의자 위에 펴 놓았습니다.

"이것도 맛있고 저것도 맛있고 이름은 모르지만 다 맛있다."

한참 맛있게 드신 할머니는

"나, 약 사올게 애. 잘 봐."

민지는 뽀미 간식을 모두 꺼냈습니다. 클로렐라스틱, 고구마 스테이크, 핫도그….

마트 아주머니가 골라 준 것들을 본 뽀미는 살살 꼬리를 흔들었습니다. 민지는 어쩔 줄을 몰랐습니다. 가슴이 간지럽고 벌렁벌렁 뛰었습니다.

"야,! 뽀미야. 너는 오늘은 내 동생이야. 언니가 맛있는 것 줄게."

민지는 뽀미를 무릎에 올려놓고 소시지를 꺼내 손바닥에 올려놓았습니다. 뽀미는 소시지를 남김없이 다 먹었습니다.

"옳지 잘 먹네. 고구마 스테이크도 달콤해. 너네들 달콤

한 거 좋아하잖아. 여기 닭가슴실도 있다."

뽀미는 뭐든 잘 먹었습니다. 민지는 재미가 났습니다. 정말로 뽀미 털은, 눈보다 더 하얀 털은 몽글몽글 따뜻하고 부드러웠습니다. 민지는 뽀미를 안아 봤습니다.

'이거야. 이 부드럽고 따뜻한 느낌. 장난감 강아지와는 비교도 안 돼.'

민지는 시간 가는 줄을 몰랐습니다. 간식을 먹은 뽀미는 민지 무릎에서 잠들었습니다. 무릎이 저렸습니다. 살그머니 무릎을 펴는데 뭔가 반짝하더니 갑자기 앞뒤가 환해졌습니다. 공원의 외등이 켜진 것입니다. 아, 그때야 민지는 할머니 생각이 났습니다. 약 사러 가신 할머니는 왜 안 오실까? 시간이 얼마나 됐는지 민지는 알 수 없었지만 무서웠습니다. 이상했습니다. 약국이 아주아주 멀리 있나? 뽀미를 혼자 놔두고 어떻게 해?

"엄마, 엄마, 어떻게 해? 무서워."

뽀미가 자꾸 민지 무릎으로 기어올랐습니다.

"뽀미야, 나도 무서워! 엄마도 날 찾으러 안 오잖아."

"엄마아, 무서워, 뽀미도 무섭대."

민지는 그만 엉엉 소리 내 울었습니다. 그때

"민지야, 민지야…."

"여기야. 엄마. 엉엉엉…. 엄마, 무서워!"

엄마가 뛰어 와 민지를 안았습니다. 뽀미가 끙끙 댔습니다.

"이 강아지는?"

"뽀미야, 몽글이 닮은 뽀미."

"강아지 땜에 집에 못 온 거야? 이렇게 늦었는데 주인은 왜 안 오고, 우리 얘가 이렇게 울고 있는데…."

"아냐, 엄마. 할머니가 나 보고 뽀미 보라하고 약 사러 가셨어. 그런데 아직도 안 와."

민지의 알쏭달쏭한 말을 엄마는 이해할 수가 없었습니다. 그때

"뽀미야, 어머니, 어머니, 어디 계셔요?"

부르는 소리와 함께 우당땅땅…. 달려오는 발자국 소리가 났습니다.

"아니, 뽀미 혼자 있네. 뽀미야, 할머니는?"

"뽀미 주인이시군요. 우리 민지한테 보라하고 약 사러 가셨대요. 민지가 안 와 저도 찾으러 나왔어요."

"아주머니, 죄송합니다. 어머님이 치매세요. 말씀도 안하시고 뽀미를 데리고 나가시고 가끔 집도 잘 찾지 못하세요."

"걱정이 되시겠습니다. 우리 민지가 강아지를 너무 좋아해서요."

"우리 뽀미 봐 줘서 고맙다. 우리도 할머니 찾아 볼게."

뽀미 주인이 할머니를 찾으러 다른 길로 뛰어 가는 걸 보며 엄마는 민지의 손을 다정하게 잡습니다.

"민지야, 몽글이 갖고 싶어."

"응, 엄마, 진짜로 갖고 싶어. 뽀미가 하나네 몽글이와 똑같아. 털도 몽글몽글하고 하얘."

"그래서 캄캄한 줄도 모르고 있었어?"

"응, 나도 무서운데 어떻게 뽀미를 혼자 놔두고 가?"

"민지야, 그렇게 몽글이가 좋아!"

"그럼. 그럼, 그으럼요."

민지는 좋아 팔짝팔짝 뛰며 뱅그르르…. 돌았습니다.

민지 손을 잡고 집으로 오며 엄마는 알레르기 비염으로 기침이 멈추지 않는 민지아빠를 생각합니다. 심한 콧물과 기침으로 가슴까지 아파 병원에 입원 중입니다.

'여보. 병원에 입원하며 당신이 한 말 잊지 않고 있어요. 나, 어릴 때 우리 집엔 말티즈 강아지가 있었어. 내 장난 감이었지. 함께 놀고 잠잘 때도 같이 자고…. 어느 때부터 기침이 나더니 심해지고 멈춰지지 않아 자주 병원에 갔지. 의사 선생님이 말씀하셨어.

"선천적으로 비염과 기침이 심힌 사람도 있지만 애기 때 털 많은 반려동물 키우는 건 조심해야 합니다."

엄마 등 뒤에서 나는 의사 선생님 말씀을 다 들었어. 나는 알레르기 비염으로 평생을 고생하게 됐지. 민지가 아빠 체질을 닮을 수도 있으니까, 아직은 어리니까 털 많은 반려동물은 절대로 안 돼."

'여보, 민지가 얼마큼 크면 이 말을 이해할 수가 있을까요?'

"민지야, 엄마가 업어 줄까?"

"응, 나 힘들어."

민지는 달랑 엄마 등에 업혔습니다. 어느 사이 잠이 든 민지는 '몽골아, 몽골아.' 하며 잠꼬대를 했습니다. 공원길을 터덜터덜 걷는 엄마의 걱정은 더 깊어 갔습니다.

호숫가의 아이들

우리들은 언제나 호숫가에 와 놀았다.

이맘때쯤 그러니까 우리들이 다섯 시간 공부를 마치고 오면 호수는 언제나 반짝반짝 빛나고 있었다. 물고기 비늘 같은 수면이 반짝반짝 찰랑이고 있었다.

언제나 석이, 돌이, 철희, 웅이, 나 이렇게 다섯이 오지만 나 혼자 오는 때도 있었다. 그럴 때는 장날이라 친구들이 장 구경을 갔다든지, 또는 친구와 다퉈 기분이 울적한 그런 뒤였다.

나는 혼자 호수 위 잔디가 깔린 둑 위에 팔베개를 하고 누워 있곤 했다.

그럴 때 호수에서는 언제나 노래 소리가 들렸다. 아주 잔잔히, 아주 깊숙이. 노래 소리는, 이렇게 혼자서 듣는 노래 소리는 꿈과 슬픔의 강물 같았다. 끝이 없을 만큼 깊이깊이 노래는 호수 밑바닥에서 피어오르는데 이럴 때의 호수도 하얀 모래와 물고기의 지느러미가 환히 들여다 보일 것처럼 노래를 신고 찰랑거렸다.

호수라고 하지만 어른들은 이곳을 수원지라고 불렀다. 마을 사람들이 먹을 물이며 가뭄이 계속될 때 무사히 농사를 지을 수 있는 것도 모두 이 수원지 덕이라고 했다.

호수는 용골산에 넓게 자리 잡고 있다. 하늘이 가까워서 그런지 아주 희미한 새털구름이며 작은 잠자리의 날개까지도 호수는 비쳐냈다. 봄이면 빨간 진달래를, 가을이면 노랑, 보라, 주황색인 나뭇잎과 들꽃의 모습도 환히 담겨 있음은 물론이다. 그러나 이곳은 결코 아무나 들어 갈 수 있는 곳은 아니다.

〈이곳은 허락 없이 아무나 함부로 들어갈 수 없는 곳입니다.〉

라고 쓰인 팻말이 입구에 있다.

정말로 살짝도 들어갈 수 없다. 입구 조그만 통나무집에
서 할아버지가 지키고 있기 때문이다. 수염까지도 하얀, 무
서운 할아버지가

"나가시오. 나가!"

이곳은 허락없이 아무나 함부로
들어갈 수 없는 곳입니다.

하고 호령을 하신다. 그때 처음으로 우리들이 호수 가까이에 와서 팻말을 에워싸고 고개를 갸웃갸웃하고 있을 때 무서운 할아버지가 지팡이를 휘두르며 뛰어나오셨다. 우리들은 용골산 아래로 도망쳤다.

웅이가 일등이고 나는 이마와 손에서 땀이 나게 달렸어도 꼴찌였다. 우리들은 정신없이 달리다 뒤를 돌아봤다. 할아버지가 안 보이고 저 아래로 마을의 지붕이 보이자 숨을 몰아쉬며 평평한 곳에 앉았다. 무릎을 세우고 동그랗게 앉았다. 언제나 웃기 잘하고 까부는 돌이가 먼저 말했다.

"야, 그 할아버지. 되게 무섭더라."

"뭔, 지팡이가 그리 크노?"

"지팡이 뿐 아니다. 그리 키가 큰 할아버지는 첨 봤다."

"수염도 눈썹도 눈처럼 하얗더라."

제일 겁 많은 철희까지도 한 마디씩 거들며 한동안 떠들썩했다. 우리들은 무릎을 다시 세우고 마을의 지붕을 쳐다봤다.

마을에서 저녁 연기가 피어오르고 있었다. 그 연기는 하늘로 올라 호수 속으로 흘러 들 것만 같았다. 호수 속에 내려 앉아 연꽃처럼 수를 놓을 것 같은 연기를 쫓던 나는 문득 새로운 궁금증에 잠겼다.'

'호수 속엔 무엇이 있을까?'

나는 아이들을 둘러보며 큰 소리로 물었다.

"얘들아, 호수 속에 무엇이 있을까?"

"호수 속엔 커다란 물고기가 있을 거야. 우리들이 여지 것 보지 못한 아주아주 커다란 물고기가."

"작은 고기도 있을 거야. 빨강 꼬리를 흔들며 춤추며 노래를 부를지도 몰라."

"꽃도 있을 거다."

"그래 맞다. 눈처럼 하얀 꽃이 피어 있을 거다. 그래서 할아버지 수염이 하얄 거다."

아이들은 저마다 한 마디씩 했다. 그러나 누구 말이 맞다고는 할 수 없었다. 동네 어른들은 아무도 용골산에 호수가 있다고 말하지도 않았고 우리들은 처음 호수에 와 봤기 때문이다. 어른들은 수원지라고 하지만 우리들 눈에는 커다란 호수였다. 하늘과 구름과 잠자리와 새, 물풀과 나무까지 품고 있는 호수 속엔 더 많은 것들이 살고 있을 거라고 믿었기 때문이다. 맑고 푸르고 살아있는 모든 것들을 품고 있는 호수…. 끝없는 생각에 잠겨 있는데 철희가 큰소리로 말했다.

"얘들아, 호수 속에는 우리들이 놀 수 있는 근사한 놀이터가 있을지도 몰라."

"물풀 속에 숨어 물고기들과 숨바꼭질도 하는 멋있는 놀이터?"

"문제는 어떻게 그 곳에 들어 갈 수 있느냐네."

저녁 해가 산을 넘어가려고 할 때쯤, 나들이 갔던 바람이 골짜기로 찾아들 때쯤 우리들은 근사한 의견을 모았다. 어떻게든 할아버지와 친해 보자는 의견이었다.

다음 토요일. 우리들은 제각기 제일 좋은 선물을 하나씩 가지고 용골산 아래 보였다. 웅이는 웅이 할아버지가 보시던 옛날 얘기책을, 석이는 누나가 여행 가서 사왔다는 꾸부러진 담뱃대를, 철희는 안경집까지 있는 안경을.

"야, 철희가 최고구나."

미처 우리들의 소리가 끝나기도 전에 성급히 안경집을 열어 본 돌이가 소리쳤다.

"와. 외는 안경이다. 알이 하나뿐이잖아."

철희는 얼굴이 빨개졌지만. 할아버지들은 안경이 최고라고 한쪽 알만 있어도 다 볼 수 있다고

나머지 애들이 철희를 위로 했다. 나는 할아버지께 드릴 마땅한 선물이 없어 꽃다발을 만들었다. 들꽃 산꽃으로 커다란 꽃다발을 만들었다.

우리들은 신나게 노래를 부르며 수원지로 오르는 언덕길을 올라갔다.

아~ 우리들은 눈이 부셔서 노래를 멈추었다. 온통 파아란 물이 하늘을 안고 있었다. 모두 노래를 멈추고 호수 속을 들여다 봤다. 호수는 노래를 부르며 찰랑이고 있었다. 아주 작은 소리로, 귀 기울이지 않으면 들리지 않는 깊고 맑은

소리. 노래 같기도 하고 깊은 이야기 소리 같기도 한 호수를 품고 있는 산 속은 고요한 또 다른 세계였다. 하늘도 꽃도, 우리들의 손짓이며 웃는 모습까지도 모두 비쳐 내는 이곳은 선생님이 사회 시간에 말씀해 주신 먼 나라 이야기를 떠올리게 했다. 우리들은 이때부터 수원지를 호수라고 부르게 되었다. 언제나 호수는 호수 둘레의 푸른 잡풀들과 하얗고 노란 꽃들이 잔잔히 웃는 모습을 품고 있었다.

우리들은 이날부터 우리들과 친해진 할아버지를 둘러싸고 학교 마치면 매일 이곳에 와 놀았다. 단, 아무거나 함부로 꺾지 않고 어질지도 않고 어른들에게 쓸데없는 얘기 안 하겠다는 약속을 굳게 하고서.

호수에 오면 그림도 그리고 노래도 부르고 술래잡기도 했다. 그중에서 으뜸은 할아버지의 옛날이야기를 듣는 재미였다. 할아버지 이야기 주머니는 듣고 들어도 끝이 없었다.

"오늘 이야기는 이만 끝. 이제 밖에 나가 놀거라."

할아버지 말씀이 떨어지면 우리들은 호숫가에 턱을 괴고

앉아 이야기꽃을 피웠다.

　- 하늘과 호수와 둘 중에 어느 게 더 넓을까. 호수 속에
잠긴 하늘을 보고 호수가 넓다는 아이. 하늘은 어디를 봐도
끝이 없으니까 하늘이 넓다는 아이.

　하늘 위에도 나무가 있을까? 솜사탕처럼 겨울에도 솜사
탕 같은 꽃이 피는 나무가 있을 거라는 아이. 까만 머리가
어떻게 할아버지처럼 하얗게 세는가? 새들은 노래를 부르
며 어디로 가는 것일까? 우리들이 이런 이야기를 할 때 바
람은 향기로운 냄새를 뿌리며 우리들 머리 위를 지나갔다.

　늦은 가을. 조금 찬바람이 부는 날에도 우리들은 호수에
왔다. 할아버지의 옛날이야기를 듣는 재미로도 왔지만, 우
리들이 오지 않으면 섭섭하고 심심해하실 할아버지 때문에
도 하루에 한 번씩은 꼭 호수에 들렀다.

　겨울로 접어들던 어느 날, 우리들이 빨간 코를 쥐고서 '아
이 추워!' 하면서 호수에 들렀을 때 할아버지 방에선 아무런
기척이 없었다.

'이상하다.'

우리들은 서로 눈을 동그랗게 뜨고 할아버지 방문에 귀를 기울였다. 가쁜 숨소리가 들렸다. 깜짝 놀라 방문을 여니 할아버지는 눈을 감고 누워 계셨다. 갑자기 몰아 온 칼바람에 독감이 드신 것이었다. 가족 없이 혼자 사시는 할아버지는 알릴 데도 없었다.

우리 다섯은 매일 같이 이곳에 왔다. 할아버지께서 해 놓으신 나무를 때 방을 따뜻하게 덥히고 매일마다 한 사람씩 어머니가 해 주신 죽이며 약초 달인 물을 들고서 용골산을 올라 왔다. 맵고 찬 바람이 부는 날에도 한 친구도 빠지지 않고 할아버지를 둘러싸고 약초 물을 드렸다.

며칠을 가도 할아버지는 낫질 않으셨다. 우리들은 다음 토요일 날 독바위산에 가기로 했다. 용골산보다 멀고 험했다. 그 독바위산엔 약초들이 많았다. 구절초며 이름도 모르지만 약풀 같다는 느낌이 드는 풀을 가득 뜯어 왔을 때 할아버지는 우리들 손을 잡으시고 웃는 듯 보였지만, 사실은 소매 끝으로 눈물을 닦으셨다.

날씨는 여전히 겨울 날씨처럼 차고 바람도 쌩쌩 불었다. 엄마들은 우리들이 뜯어 가지고 간 약초와 엄마가 구해 온 약초를 잘 달여 주셨다. 매일 약초 달인 물과 엄마들이 해 주신 죽을 드신 할아버지 병은 점차 나아지고 있어 어제는 이런 말씀도 하셨다.

"너희들 덕분에 덜 춥고 기운도 난다. 이제 곧 너희들에게 재미있는 이야기도 해 주겠다."

"진짜 그러지유, 우리들 독바위산 오르다 미끄러지고, 그래서유, 다리도 팔도 깨지고 피나고 그랬시유."

"내 안다. 독바위산은 어른도 오르기 힘든 산인 걸 내 안다. 엄마들이 걱정 하셨것다."

"아니유, 애들은 넘어지고, 깨지고, 피나고, 그러면서 크는 거라고 할아버지만 얼른 나으시면 된다고 하셨슈."

"고맙다. 얘들아. 어린 너희들이 친구가 돼 주어 감기가 무서워 달라 뺐다. 감기야, 봤지? 독바위산도 잽싸게 오르는 다람쥐 같은 내 친구들이 여기 있다. 이제 추운 겨울

도 무섭지 않다. 마. 감기야, 오려면 와라.”

우리들은 손뼉을 치며 펄쩍펄쩍 뛰며 좋아했다. 할아버지
가 우리들 보고 친구라니….

이보다 더 좋을 수가 있을까? 우리들은 어깨춤을 추며 이
리 뛰고 저리 뛰었다. 할아버지가 이놈들 뭐가 그리 우습냐
며 허허허 웃으셨다.

“허허허… 이놈들.”

“하하하… 할아버지.”

우리들의 소리를 호수가 그대로 받아 떠 올렸다. 호수도
‘하하하… 허허허…’ 웃음소리를 받아 하늘로 차 올렸다. 얼
마나 웃었는지 눈물이 찔금찔금 났다.

그날은 햇빛이 반짝 난 날이었다. 모처럼 따스한 해에 호
수가 풀리고 반짝이는 날이었다.

우리들은 모처럼 포근해진 날씨에 흥겨워 노래를 부르며
용골산을 올라왔다. 호수 가까이오자 우리들은 노래를 멈추
고 발소리를 죽였다. 살금살금 할아버지 방 앞까지 걸어갔

을 때 갑자기 돌이가 키득키득 웃었다.

"요놈들 오늘은 더 빨리 왔네. 어서 들어 와라. 자 선물이
다."

"야! 연이네 연!"

우리는 똑같이 소리를 질렀다. 연줄까지 근사하게 감아진
연이. 다섯 개의 연이 환하게 우리를 맞아주었다.

"할아버지, 어서 날려요. 누구의 연이 높이 오르나 시합
해요."

"좋아, 내가 심판을 보지. 누가 연을 잘 날리나 보자."

심판을 보시겠다고 대뜸 신발을 신으시는 할아버지를 보
자 우리들은 무조건 떠들어 댔다.

정말이지. 할아버지가 우리들만 할 적에 우리처럼 연을
가지고 놀았으리라고는 꿈에도 생각하지 못했다.

밖은 어느새 해 빛이 숨고, 하늘은 호수의 물빛보다 좀 어
두운 빛을 하고 있었다. 바람은 연날리기에 마침맞게 불어
우리들의 연은 신나게 하늘로 올라갔다. 우리들은 있는 대

로 연줄을 풀고, 그것도 모자라 발돋움하고 연줄을 든 팔을
높이 올렸다.

웅이의 연이 보이지 않았다.

돌이의 연이 보이지 않았다.

내 연도 보이지 않았다.

호수 속에 하늘이 있었다. 우리들의 연 꼬리가 희미하게 마치 물고기들이 꼬리를 치는 것처럼 보였다.

"야~ 눈이다. 눈! 눈이 온다."

여럿이 함께 소리를 지르며 하늘을 쳐다봤다.

꽃처럼 눈이 오고 있었다. 우리들의 머리에, 어깨에, 나무 위에, 들꽃들이 죽어 간 그 자리에도 하얀 꽃처럼 내려앉고 있었다.

호수 속에도 하얀 꽃들이 떨어지고 있었다. 할아버지의 수염에도, 하얀 눈썹에도….

"야, 할아버지가 근사하다. 꼭 산타클로스 할아버지 같네."

우리들은 다 같이 소리쳐 말했다.

우리들의 소리는 하늘에 닿았다가 눈꽃 속에 묻혀 다시 호수 속으로 떨어졌다.

바닷가 모래밭에
나무 십자가 하나 있었네

이탈리아 남부 시칠리아 섬의 모래밭입니다. 시칠리아 동남부에 있는 마르자메미 해변은 붉은 모래와 고요한 분위기로 관광객이 찾는 유명한 해변입니다.

깨끗한 물과 아름다운 풍경을 자랑하는 조그만 어촌 마을에 사는 주세페 라는 이름을 가진 일곱 살 어린이입니다.

'이구리아'라는 아주 커다란 홍수가 마을을 덮쳤지요. 아름다운 해안 마을로 유명한 이곳은 산사태와 홍수로 인해 큰 피해를 입었고 좁은 골목과 계단은 홍수로 인해 물길이 되었습니다.

물이 깊고 맑은 해변에는 관광객을 보호하기 위한 철조망이 쳐 있었습니다.

홍수가 멎고 어느 때처럼 바다가 환한 빛으로 트여 올 때 주세페는 기다렸다는 듯 모래사장으로 뛰어 나왔습니다. 주세페는 신나게 모래사장을 뛰어오다 물이 깊은 곳에 관광객을 보호하기 위한 철조망 앞에서 발을 멈췄습니다.

'아이, 불쌍해. 어린 물고기가 죽어 있잖아.'

주세페는 철조망에 꿰어 매달린 어린 물고기를 가만히 들어 손바닥 위에 올려놓았습니다. 아직도 머리에 황금 띠가 선명한 어린 물고기. 한참 들여다 보던 주세페는 모래사장 한 귀퉁이에 어린 물고기를 묻고 나무 십자가를 꽂았습니다. 조금 전까지 신나던 모습과는 달리 시무룩한 표정으로 먼 바다를 바라보았습니다.

그날 밤, 아이는 어린 물고기 꿈을 꾸었습니다. 다음은 주세페 꿈속의 어린 물고기 이야기입니다.

때 아닌 큰 홍수로 마르자매미 해변은 더없이 쓸쓸했습니다. 아주 작고 예쁜 물고기인 나는 똑, 똑… 떨어지는 빗방울 사이로 고개를 내밀고 물 밖 세상을 내다 봤습니다.

'오늘도 아이들이 오지 않네. 언제 오지?'

아이들이 튜브를 가지고 신나게 놀 때 아이들의 발을 간지럽히며 함께 놀기를 즐겨 했거든요. 아이들이 튜브를 타며 밝게 노래 부르며 뛰놀 때 물고기도 뽕뽕뽕 방울을 피어 올리는 걸 좋아했다는 걸아시나요?

마르자메미는 작은 어촌 마을로 어업에 종사하는 사람들이 많아요. 마르자매미 해변은 물고기들이 많이 삽니다. 그 중에서도 나는 황금 돔입니다. 머리 부분에 황금 띠가 둘러 있고 몸은 은빛입니다.

홍수 뒤, 그날은 태풍이 오고 있었어요. 그것도 모르고 첨벙대며 놀던 나는 커다란 파도를 만났어요. 갑자기 미친 듯 머리를 풀어 헤친 센 파도에 휩쓸렸습니다. 정신을 차렸을 때 나는 이미 철조망에 꿰어 꼼짝할 수가 없었습니다. 그날 밤새도록 바다는 성이 나 있었고 아침이 돼도 파도는 그치

지 않았습니다.

내가 정신을 차리고 숨을 몰아쉴 때 파도는 깜짝 놀라며
이렇게 말했습니다.

"어린 고기야, 어쩌다 네가 이렇게 됐지? 가만있어. 내가
다시 너를 바다로 보내 줄게."

파도는 마음을 다해 나를 다시 바다로 끌어들이려 했지만
헛된 일었습니다. 파도가 칠수록 내 상처는 철조망에 더 깊
이 찔리게 됐고 아프기만 했습니다.

"그만 두세요. 당신은 나를 바다 밖으로 밀어냈지만 다시
끌어들일 수는 없나 봅니다. 당신이 움직일수록 내 상처
는 더 아픕니다. 그냥 내 버려두세요. 다른 구원자를 찾을
수 있겠지요."

"그래, 어린물고기야. 미안하다. 용서해 줘."

"물론 용서해 드리지요. 그러나 용서한다고 내 상처에 도
움이 되지는 않습니다. 당신을 용서함으로써 내 마음이
편해질 뿐이지요."

파도는 미안한 듯 바닷속으로 깊이 가라앉아 버렸습니다.

그때 갈매기 한 마리가 은빛 날개를 퍼덕이며 날아오고 있었습니다.

"갈매기님 , 나를 좀 보세요!"

"어? 넌 어떻게 된 거니? 난 살아있는 것만 상대해. 살아 있는 것은 모두 아름답단다. 그러니 내 모습은 아름다울 거야. 난 지금 곧 바로 저 바다 위를 날을 수 있으니까."

"그래요. 당신은 아름다워요. 매끄러운 깃털, 멋진 날개, 근사한 곡선을 그으며 나는 모습. 어느 해질녘 나는 당신의 멋진 비행을 보며 감탄을 했었지요."

"그래. 너뿐만이 아닐 거야. 바닷속의 모든 생물은 물론일 테고 배를 타고 여행하는 사람들까지도 나를 부러워한단다. 너하고 잠시라도 이야기 해 준 나를 너는 잊지 못하겠지. 잘 있어. 오래 기억해 줘라. 작은 고기야."

"아, 갈매기님, 그냥 가시면 안 돼요. 나를 구해 주세요!"

"그렇게 된 건 다 네 탓이잖아. 남의 도움 없이도 스스로 일어서는 힘을 키워야지….”

“아, 아….”

나는 살아날 수 없다는 절망감으로 몸부림쳤지만 갈매기
는 멋진 날개를 펴더니 뒤도 돌아보지 않고 멀리멀리 날아
갔습니다.

"갈매기님, 전에는 당신을 멋지고 이름답다고 부러워했었지요. 그러나 가까이서 본 당신의 눈은 조금도 이름답지 않았습니다. 이제야 알겠네요. 당신은 마음이 이름답지 않으므로 빛나는 눈을 가질 수 없다는 것을."

폭풍우가 개이자 바다는 잔잔해졌습니다. 밝은 해님이 얼굴을 내밀자 내가 사랑했던 바다는 눈부신 빛으로 반짝이기 시작했습니다.

봄, 여름, 가을, 겨울. 4계절 중에서 가장 좋아하는 계절을 말해 보세요. 나는 가을입니다. 순해진 바람, 은근한 햇빛. 노랑, 주황의 나뭇잎들. 그리고 내가 좋아하는 고추잠자리. 고추잠자리는 날개와 꼬리, 눈빛까지도 어쩌면 그리 맑은지요. 내가 좋아하는 쪽빛 하늘이 맑고 곱게 트여 오고 있었습니다. 고추잠자리와 함께요. 아주 작은, 아기 고추잠자리 한 마리가 파란 가을 하늘 속을 날아 내게로 오고 있었습니다. 움직일수록 내 상처는 아팠지만 나는 아기 잠자리라도 붙들어야 했습니다.

"잠자리야, 아기 잠자리야. 나를 좀 봐. 나를 다시 바다로 데려다 줄 수 없겠니?"

"어머나, 어린 물고기 아냐? 어쩌다 이렇게 됐는지 모르겠지만 내 힘으로는 어쩔 수가 없어. 그리고 나는 엄마 몰래 날아왔거든. 빨리 가 봐야 돼. 미안해."

"그래. 네 힘으로는 어찌할 수 없을 거야, 빨리 가봐. 아기 고추잠자리야. 세상에서 가장 안전하고 평화로운 곳은 엄마 품속이란다."

엄마 말씀 안 듣고 태풍이 오는 바닷가에서 첨벙댄 것을 아무리 뉘우친들 소용없는 일이었습니다.

잠자리가 날아 간 바다는 가을볕만 가득했습니다. 지치고 눈물로 얼룩진 나를 해님은 따뜻하게 어루만져 주었습니다.

'바다 깊은 곳까지 밝은 빛을 보내주시는 해님. 당신이 품고 있는 아름다운 빛으로 해서 바닷속은 늘 신비로웠지요. 꿈빛 같은 산호. 노랗고 파란 내 작은 친구들… . 아이들이 텔레비전을 보며 감탄하는 바닷속 풍경은 해님,

딩신의 힘이었습니다. 당신의 가슴 속에는 세상의 온갖 빛들이 숨어 있어 당신이 숨 쉴 때마다 숨어 있던 빛들이 퐁퐁 튀어나와 바닷속은 아름다운 색깔로 가득 찼던 것입니다. 그래요. 해님. 당신이 잠잘 때는 우리 바닷속도 어둠이었습니다. 그런데 해님. 오늘은 당신이 고맙지 않아요. 당신의 불같은 숨결이 내 목을 죄어옵니다.'

'아! 위대한 당신도 나를 구할 수 없다니….'

천둥 번개가 치고 태풍이 휩쓸고 간 다음날에도 변함없이 웃는 해님. 온통 하늘을 맘대로 휘젓고 큰 소리치고 물바다로 만들고 도망치는 먹구름에게도 불평 없이 대하시는 해님. 그 겸손을 이제야 알겠습니다. 위대한 당신의 힘으로도 어쩔 수 없는 일이 있다는 걸 알기 때문에 겸손할 수 있다는 깨달음을 주시는군요. 고맙습니다. 해님!

나는 차츰 움직일 힘을 잃어 갔습니다. 아주 희미하게 뛰는 숨소리. 답답하고 답답했지만 어찌할 수가 없었습니다. 갈매기, 잠자리, 해님, 파도… 아무도 나를 구원하지 못했지

만 그들을 원망할 수는 없었습니다. 그들은 오늘 내게 소중한 깨달음을 주었습니다. 그 귀한 깨달음을 새기며 더 이상 살아갈 수 없음이 안타까울 뿐이었습니다.

* * *

꿈에서 깨어난 주세페는 걱정이 되어 다시 바다로 나왔습니다.

'지난밤에 파도가 쳤는지도 몰라. 어린 물고기 무덤이 떠 내려가지 않았을까?'

이른 아침 바다는 잔잔했습니다. 주세페는 두리번거리며 어린 물고기 무덤을 찾았습니다.

"아, 저기야."

나뭇가지로 십자 표시를 해 놓은 작은 무덤을 발견한 주세페는 달려갔습니다.

그때 갈매기 한 마리가 바다 쪽에서 날아왔습니다. 철조망 주위를 맴돌다 다시 바다 쪽으로 사라져 갔습니다. 아이는 간밤에 작은 무덤이 떠내려가지 않은 기쁨으로 설레었기 때문에 갈매기의 소리를 듣지 못했습니다. 이렇게 자랑스럽게 중얼거리는 소리를!

"작은 고기야, 너는 다시 바다로 갔구나. 네가 있었던 흔적이 없잖아. 모래사장 어느 구석에서도 너를 찾아 볼 수 없으니 바다로 간 게 틀림없어. 도움 주지 않아도 너는 바다로 갔잖아. 스스로 움직여야 한다는 내 말이 큰 도움이 되었지? 난 자랑스러운 갈매기야."

갈매기의 눈에는 나무 십자가의 작은 무덤이 보이지 않았어요.

여러분도 바다로 나가 보세요. 아름다운 마음의 눈을 가진 어린이는 바닷가 어디쯤인가 나무 십자가가 있는 작은 무덤을 발견할 수 있을 거예요.

꼴찌 만세

일요일입니다.

가을날 오후는 잠자리의 날개만큼 맑습니다. 아이들은 일
요일엔 잠자리처럼 온 놀이터를 휩쓸고 다니며 노래를 부르
고 놀이기구를 타며 놉니다.

엄마는 아빠 점심을 차려 드리고 창밖을 내다봅니다. 아
파트 놀이터에 놀고 있을 세민이와 세영이를 찾고 있습니
다. 그 때 전화벨이 울렸습니다.

"여기 학교입니다. 세영이 어머님 되시죠? 축하합니다.
세영이가 '전국 아동 미술 대회'에서 상을 받았습니다."

"네? 세영이가 상을 받았다고요?"

"네, 그것도 그냥 상이 아니라 최고상입니다."

"정말로요? 고맙습니다. 고맙습니다."

엄마는 몇 번이나 전화기에 대고 절을 합니다. 식사하시던 아빠도 들으셨는지 벌떡 일어나

"우리 꼴찌 만세! 만세!"

하고 두 손을 번쩍 드십니다. 수화기를 놓고 돌아서는 엄마의 눈에 눈물이 글썽입니다.

눈물이 글썽인채로 엄마는 밖으로 나가십니다. 세영이를 찾으러 가는 거지요.

총총히 놀이터로 뛰어 간 엄마는 눈으로 세영이를 찾습니다. 옆집 소희에게 기대고 앉아 있습니다. 소희는 5학년입니다. 소희가 반갑게

"아줌마, 세영이가 잠이 오나 봐요."

하고 팔이 저린지 팔을 풀며 말합니다.

"고맙다. 소희야."

가까이 간 엄마는 세영이 눈을 들여다 보십니다.

"아이쿠, 우리 천사 진짜 잠들었네."

엄마는 세영이를 업고 놀이터를 빠져 나갑니다. 뒤에서
꼬마들의 소리가 들립니다.

"세영이 바보. 아무 때나 잠자고, 아무 데나 오줌 싸고,
울기 잘하는 세영이는 바보, 바보…."

엄마가 돌아보니 여섯 살 난 꼬마들이 놀리다가 미끄럼틀
뒤로 숨어 버립니다.

엄마는 아무 말씀 안 하고 등 뒤로 손을 돌려 세영이를 다
독입니다. 세영이는 어느새 엄마 등에서 깊이 잠이 들었습
니다.

세영이는 형 세민이보다 한 살 아래입니다. 세민이를 낳
고 곧바로 세영이를 가졌기 때문에 엄마는 힘들었습니다.
그래서인지 세영이는 열 달을 다 채우지 못하고 태어났습니
다. 울음 소리도 매우 작았습니다. 돌이 되어도 일어서지도

못하고 네 살이 되어서 겨우 엄마 소리를 했습니다. 그러나 잘 먹고 잘 잤습니다. 그런 탓인지 덩치는 세민이만 했습니다. 세영이 몸집이 컸기 때문에 엄마는 세영이를 입학 허가서를 받은 후 바로 입학 시켰습니다.

학교에 다니게 되면 나아질까 했지만, 엄마의 이런 바람은 입학하고 며칠 되지 않아 깨졌습니다. 세영이가 하는 행동은 운동장 생활에서부터 표가 났습니다.

다섯 명이 줄지어 달리기를 하는데 반쯤 달리다가 엄마한테 와 매달리는가 하면 두 달이 되어도 시간표를 구별하지 못했고 글씨를 쓰는 게 아니라 그림을 그렸습니다. 그러나 세영이 선생님은 세영이를 귀여워 해 주셨고 영리한 세민이를 봐서라도 차츰 좋아질 거라고 엄마를 위로해 주셨습니다.

어느덧 세영이가 2학년이 되었습니다. 형 세민이는 학교에서 오면 투덜댔습니다.

"엄마, 세영이 땜에 창피해 죽겠어요. 우리 반 아이들이

내 말을 안 들어요. 선생님이 안 계실 때 떠들지 말고 조
용히 책 읽으라."

"야, 넌 반장이지만 니 동생은 꼴찌잖아? 꼴찌 형, 꼴찌
형. 좀 참으셔!"

하고 놀려요.

책가방을 던지고 우는 세민이와 함께 울고 싶은 마음을
누르면서 세민이를 달래곤 했습니다.

아파트의 놀이터는 매일 꼬마들의 소리로 가득했습니다.
놀이터에서도 세영이는 제 나이 또래와 놀지 못하고 서너
살 아래인 아이들과 놀곤 합니다. 아파트에서도 학교에서도
세영이는 꼴찌로 통했습니다. 세영이 때문에 세영이 집은
꼴찌라는 별명이 붙었습니다.

'꼴찌 아빠' '꼴찌 엄마' '꼴찌형'으로 통해서 무슨 일이 있
으면 아, 아 그 '꼴찌네 집' 하는 것이었습니다.

세민이는 반장이고 무엇이든 잘했지만 엄마는 세민이 자
랑을 하지 않습니다. 무슨 일에든 꼴찌에서 머물고, 맴도는

세영이가 가슴 아팠기 때문입니다. 그러나 세영이에게도 깜짝 놀랄 만한 일이 일어났습니다.

그날은 비가 왔습니다. 세민이는 아침에 학교에 가고 세영이는 오후반입니다. 엄마가 잠시 이웃에 간 사이에 세영이는 집을 나섰습니다. 현관에 아무렇게나 팽개쳐진 비닐우산을 폈습니다. 그런데 비닐 폭이 찢어져 헝겊처럼 나풀댔습니다. 그러나 세영이는 찢어진 우산도 아랑곳없이 학교에 갑니다. 노래를 흥얼거리며 갑니다. 뒤에서 아이들이 킥킥대고 웃지만 세영이는 돌아보지도 않습니다.

파란 비닐우산 속에서 보는 하늘은 더욱 파랗고 아이들도 파랗고 온통 세상이 파랬습니다. 파아란 꽃과 파아란 새와 파아란 아이들이 웃는 세상은 꿈속에서처럼 즐거웠습니다.

문득 세영이는 우산을 올려다봅니다. 파란 빗방울이 파란 우산에 떨어집니다.

"똑! 똑! 톡톡….."

빗방울이 커집니다. 아~ 그런데 이게 웬일일까요?

세영이 우산에 떨어지던 빗방울이 자꾸 커지더니 새로 변하는 게 아니겠어요?

파아란 새, 날개도, 입도, 발가락도 귀여운 새. 수없이 만들어지는 새들은 서로 날개며 입을 맞대고 짹짹거립니다. 우산에 떨어지던 '똑, 똑…' 소리가 어느새 '짹, 짹…' 소리로 바뀌었습니다.

세영이는 즐거워서 노래를 부릅니다.

"새야, 새야, 파랑새야, 어디에서 날아 왔니?"

그런데 이게 웬일인가요? 새들이 한꺼번에 세영이를 둘러싸고 짹짹… 날개를 퍼덕였어요. 그러더니, 그러더니 말예요. 쪼그맣고 귀여운 입으로 찢어진 우산 천을 물고 하늘로, 파란하늘로 날아오르고 있었어요. 찢어진 우산은 꽃처럼 아름답게 펄럭였고 우산대를 잡은 세영이도 함께 하늘로 오릅니다.

작고 귀여운 천사처럼 새들을 따라 하늘로 오릅니다.

꽃처럼 활짝 핀 파란우산이

파란 하늘로 높이높이 올랐습니다.

"김세영! 김세영!"

선생님이 큰 소리로 부릅니다. 세영이는 깜짝 놀라 눈을 뜹니다. 비를 맞았던 세영이가 교실의 따뜻한 기온에 싸이자 그만 잠이 들었던 거예요.

"다음 시간은 미술이지요? 오늘 그린 그림 중에서 잘 된 작품을 몇 점 뽑아 '전국 아동 미술 대회'에 보냅니다. 모두 열심히 그리도록 해요."

선생님 이야기를 들은 아이들은 눈을 반짝이며 스케치북을 펼칩니다. 창밖도 내다보지 않고 크레파스를 쥐고 '무엇을 그릴까?'를 생각하느라 교실은 조용합니다. 세영이만 우두커니 창밖을 보고 있습니다.

빗방울은 운동장에 떨어지며 작은 꽃으로 변합니다. 떨어지는 빗방울마다 꽃이 됩니다. 조금 전 세영이 꿈속처럼. 파란 우산을 물고 하늘로 오르던 파란 새들. 운동장 가득 파란 우산이 펼쳐지고 파란 새들은 파란 우산 끝을 물로 하늘로 오릅니다.

우산마다 작은 천사처럼 아이들이 매달려 새들과 함께 하늘로 오릅니다. 하늘에선 아름다운 노래가 눈송이처럼 쏟아집니다. 세영이는 정신없이 그립니다. 파란 하늘과 파란우산을 그립니다. 새와 천사들을 그립니다. 똑, 똑… 빗방울이 활짝 웃으며 우산 위에 천사들 어깨에 떨어집니다. 운동장은 떨어지는 꽃을 받아 위로 퐁퐁 튕겨 올립니다. 튕겨 오르던 빗방울은 다시 꽃으로 피어납니다.

'와! 예쁘다. 세상이 온통 파란 하늘과 새와 꽃으로 가득하네. 아름다운 이야기로 가득 찬 세상이 여기 있구나.'
선생님은 소리 내지 않고 뒤에서 가만히 넘겨보시더니 끄덕이며 미소를 지으십니다.

놀이터에서 졸던 세영이를 데려와 엄마는 침대에 눕힙니다. 뒤척이든 세영이가 빙그레 웃습니다. 예쁜 꿈을 꾸나 봅니다. 엄마는 세영이의 이불을 끌어 올리시며 어깨며 엉덩이를 다독이십니다. 언제 오셨는지 아빠가
"세영이 예쁜 꿈꾸는구나. 우리 예쁜 꼴찌. 꼴찌 만세!"

아름다운 경쟁

한낮이다.

튀니지 청과 시장에서 자살 소동이 벌어졌다. 경찰이 청과물을 파는 청년의 카트와 팔고 있던 청과물 모두를 빼앗아 갔다. 이를 본 주변 상인들이 우~ 하고 불같이 일어났다.

"뭐야, 물가는 하늘 높이 치솟고 우리는 어떻게, 뭘 먹고 살라고…."

아랍의 봄에 일어난 이 불씨는 시리아, 이집트 예멘 등지로 번졌고 시리아는 장벽과 철조망을 넘어 수백만 명이 유

럽이나 주변 국가로 이민을 떠났다.

　라마는 짐을 꾸리는 엄마에게 말했다.

"난, 독일로 갈 거야."

"왜 하필 독일이냐?"

"나는 '말레크 자이다니'처럼 될 거야. 세계적으로 유명한 피아니스트, 말레크 자이다니. 그가 내 꿈의 롤 모델이야."

　때마침, 독일 총리는 '우리는 이들을 고통에서 구해줄 수 있다.'는 구호 아래 아랍 이민자들을 받아들였다. 아랍인 난민 중에서 독일은 시리아 난민을 수십만 명을 받아들였다. 그래서 라마도 한나가 다니는 학교에 오게 된 것이다.

　한나는 코리아 이민 2세이다. 어린이집을 다닐 때부터 피아노를 배운 한나는 5세 때부터 유명 피아노 콩쿠르에 나가 일등을 한 덕분에 이미 열 살 때 이름 있는 오케스트라와 협연도 했다.

독일 국가는 중동에서 쏟아져 오는 이민자들을 위해 전국 곳곳에 신도시를 세워 그들이 살 곳을 마련해 주고 사회적 적응을 하도록 정책을 짰다. 한나네 반에도 우크라이나 1명 튀니지에서 2명, 이주민 아이들이 왔다. 한나는 9학년이기 때문에 학교 급식 실에서 점심을 먹지 않아도 된다.

오늘도 한나와 친구들은 학교 가까운 식당에서 샐러드를 먹으며

"한나야, 우리 반에 시리아에서 이민 온 라마라는 애가 있는데 말 하는 것 한 번도 못 봤어."

"처음이라 낯설어 그렇겠지."

"이야기를 하고 싶어도 말이 통하지 않으니까 그럴까? 참, 라마는 한나, 너네 동네 사는 것 같아."

"같은 동네에 살면 같이 다니고 좋지. 우리 반엔 시리아 에서 온 아이 한 명도 없어."

"그 애들은 수업도 다른 교실에서 하잖아. 아랍어, 영어, 독일어 선생님들이 번갈아 가며 수업을 한 대."

"공부뿐 아니고 그들의 전통 놀이, 춤도 가르친대. 다른

나라에 이민 와 살더라도 자기나라 문화며 전통을 잊으면 안 된다는 학교의 방침이래. 그 애들은 우리보다 수업을 늦게 마쳐. 오늘 공부 마치고 가 볼까?"

"좋지, 좋아. 피아노 레슨 시간은 두 시간이나 남았으니가 보자."

한나는 친구들과 수업 마치고 이민아이들이 수업 받는 교실을 들여다 보기로 했다.

교실 가까이 가니 쿵작쿵작 소리가 들렸다. 빠른 템포의 두둑(한쪽 면이 열려있는 꽃병 모양의 악기 : 세라믹, 금속, 나무 등 다양한 재료로 만들어지며, 면은 대개 가죽이나 합성 재료로 되어 있음.) 을 덩치가 큰 남자아이가 무릎에 올려놓고 신나게 두드리고 있었다. 다른 아이들은 서로 손을 잡고 원이나 선을 이루며 춤을 추고 있었다. 한 여자아이만이 멍한 표정으로 앉아 있었다.

"저 애가 라마야. 누구하고도 눈도 맞추지 않고 말하는 걸 본 적도 없어."

한나 일행 셋은 운동장을 걸어가며 방금 본 춤 동작을 따라서 흥겹게 걸어가며 이야기를 했다.

"그런데 왜 그들 나라 내전은 끝을 내지 않는 걸까?"

"내전 뿐 아냐. 이스라엘과 팔레스타인, 러시아와 우크라이나도 전쟁 중이잖아. 우크라이나 아이들도 많이 와 있는데 그래도 그들은 독일 말에 쉽게 적응을 하지."

마리와 파올라가 옆에서 떠들어도 한나는 대꾸도 안하고 딴생각에 잠겨 있다. 파올라가 한나 옆구리를 꾹 치르며

"한나야, 레슨 시간 안 늦어?"

"참, 나 먼저 갈게."

급히 책가방을 메고 교문 쪽으로 뛰쳐나온 한나. 그제야 손목시계를 들여다 본다. 천천히 걸어도 되었다. 조금 전 시리아 아이들의 '전통놀이' 시간에 본 라마는 체육시간에 몸이 아파 구경하는 아이처럼 생각 없이 앉아 있었다. 다른 아이들은 함박웃음을 띄고 두둑 소리에 맞춰 춤을 추는데 라마 혼자만 멍하니 앉아 있었다. 마리와 파올라가 하던 말이 생각났다.

"나는 아랍권 아이들이 기죽지 않고 활달한 게 너무 좋아."

"하지만 그렇지 않는 아이도 있어. 라마는 시리아에서 왔다는데 한 번도 웃지 않았어, 누구와 말하는 것도 아니고 그렇다고 수업시간에 잠자거나 딴짓하는 것도 아니야. 수업에 전혀 관심 없는 듯한데 시험 점수는 좋아."

선생님께서 통지표를 나누어 주시며 고개를 갸웃하고 말씀하셨다고 했다.

라마는 수업시간에 질문이나 답만 잘하면 성적이 모두 A$^+$일 건데 하며 아쉬운 표정을 지으셨다고 했다.

한나는 라마가 궁금했다. 성적도 좋다는데 친구들하고는 전혀 어울리지도 않고 화장실 가는 외에는 교실을 뜨지 않는다니 궁금하지 않을 수가 없었다. 한나는 레슨을 받으러 가는 내내 한쪽에 오도카니 앉아 무심하게 북소리와 춤추는 몸놀림을 바라보던 라마 모습이 자꾸 어른거렸다.

가을에 있는 콩쿠르에서 한나가 택한 자유곡은 멘델스존 피아노 협주곡 G단조이다. 이 곡은 여러 가지 특이한 점이 있다. 우선 제시부가 없이 7마디 전주에 이어 곧바로 독주가 시작된다. 고전의 틀을 깬 과감한 곡이다.

멘델스존의 특유의 밝고 경쾌한 스타일과 함께 풍부한 감정을 담아 고전적인 형식과 낭만적인 감수성을 잘 표현해야 하는 곡이라서 하루도 빠짐없이 연습하고 있는 중이다.

한나는 아침에 피아노 연습한다고 지각할 뻔한 일도 더러 있다. 이상하게 라마는 때마다 부딪쳤다. 피아노 연습할 때는 엄마 먼저 출근하시는 날이 많다. 늦을까봐 뛰어가는 날이면 한나와 라마는 꼭 마주쳤다.

"예. 빨리 가. 지각이야."

라마는 항상 괜찮다는 듯한 표정이다.

'매사에 조급함 없이 느긋한 아이가 어떻게 시험 성적은 좋을까?'

아무리 생각해도 라마는 수수께끼 같은 아이다.

어느 날 수업 마치고 레슨이 있어 서둘러 가는데 한 떼의 아랍인 애들이 빙 둘러싸여 웅성거리고 있었다. 뜻도 알 수 없는 아랍어 말 속에 '라마'라는 말에 무리들 속을 살폈다. 쭈그리고 앉은 여자아이를 둘러싸고 모두 한 마디씩 크게 비아냥거리고 있었다. 여자아이는 나뭇가지 끝으로 땅바닥에 무엇인가 그리고 있었다. 라마에 대해 궁금하던

한나도 슬며시 들여다 봤다. 악보였다.

아랍어로 떠들어대던 아이들이 자리를 떴지만

한나는 소리 없이 지켜봤다.

라마는 한나가 지켜보는 낌새를 느꼈는지 발로

그리던 악보를 뭉개고 뒤도 돌아보지 잃고 마침 멈춘 버스에 올라탔다. 한나는 라마와 이야기할 기회를 놓친 서운함이 컸지만, 레슨 시간에 늦지 않으려고 걸음을 빨리 했다.

한나는 이민자들을 위한 주택단지인 리더스 로프로에 산다. 전에 살던 곳보다 멀기 때문에 엄마가 출근하시는 길에 학교 앞에 내려 주고 집에 갈 때는 버스를 타고 간다. 교문에 들어서려는데 엄마 차에서 내리던 비아가 물었다.

"한나야, 너의 집 학교 근처 아니었어?"

"나? 이사했어. 리더스 로프로."

"아, 거기? 이민자들을 위한 주택단지로 이사 갔구나."

비아는 정원이 넓은 저택에 산다. 밤늦도록 얼마든지 연습할 수 있다. 한나는 빌라에 살았기 때문에 밤 8시면 피아노 뚜껑을 닫아야 했다. 빌라 단지의 오래된 규범이었다. 아무도 이 규범을 어기는 사람은 없었다. 이제 그런 걱정을 덜게 됐으니 엄마는 물론 콩쿠르 준비를 하는 한나에게도 밤늦도록 연습할 수 있음은 뛸 듯이 신나는 일이다.

한나는 집으로 가면서도, 피아노를 치면서도 문득문득 라마가 생각났다. 분명 시리아에서 이민 와 리더스 로프로. 같은 동네에 산다지만 반이 다르니까 말할 기회가 없었다. 그러는 중에 한나는 콩쿠르 준비로 학교를 마치자마자 집에가 연습을 하고 레슨을 받으러 가는 날이 계속되었다. 그 날도 교문을 나와 버스를 타러 가는 중이었다. 집으로 가는 길에 들어서면 라마 생각이 났다. 눈물에 젖어 있던 악보. 라마는 왜 눈물을 뚝뚝 흘리며 땅바닥에 악보를 그리고 있었을까?

한나는 두리번거렸다. 혹시나 라마가 이 근처 어디서 악보를 그리고 있지나 않을까?

라마도 피아노를 배웠을까? 집으로 가는 길엔 아람드리 고목나무가 있다. 그 밑에 꾸부리고 앉은 아이. 라마였다. 설레며 한나가 가까이 가자 발자국 소리를 들었는지 라마는 살며시 고개를 들었다.

"네 이름 라마지? 벌써부터 알고 있었어. 나도 너와 같은 동네에 살아. 너는 왜 맨바닥에 악보를 그리니?"

머뭇거리던 라나는 한참 후에 말했다.

"나도 너를 알고 있어. 네가 피아노 치는 소리. 너네 담벽에 기대어 듣곤 해. 네 피아노 소리 듣다가 지각을 하는 날도 많아. 나도 피아노를 치고 싶어. 잊혀질까 봐 땅바닥에 악보를 그리고 눈으로 치지."

"그래서 자주 부딪쳤구나. 이 악보는 처음 보는 악보인데? 작곡자는 누구지?"

"말레크 자이다니(Malek Jandali)의 시리안 심포니(Syrian Symphony)협주곡. 시리아에서 태어나 독일 라이프치에서 피아노와 작곡을 공부한 피아니스트. 이 곡은 시리아 내전과 관련된 인간의 고통과 희망을 표현한 교향곡으로 그의 고국에 대한 사랑과 평화에 대한 염원을 담고 있어."

"너, 아주 자이다니의 광팬이구나."

"피아노를 배우기 시작하면서 자이다니는 꿈의 대상이었지."

"시리아 내전 때 나는 죽음의 국경을 넘어 자이다니를 찾아 독일로 왔어."

"별탈 없이? 국경을 넘었니?"

"아니, 내 피아노와 아빠는 흔적도 없이 먼지처럼 흩어졌어."

"뭐? 먼지처럼?"

"끊임없는 총성, 포탄은 쏟아지고. 높고 위험한 철조망. 그리고 무장 세력의 폭력, 언제 어디서 폭발이 일어날지…. 땅도 하늘도 기댈 곳은 아무 데도 없었어. 밤낮을 가리지 않는 폭격과 공습은 너무 무서웠어. 가족을 잃은 사람들은 자포자기하고 살고 싶은 의지를 잃었어."

"그래서 너네 가족은 무사히 왔어?"

"아니, 우리 집 보물인 피아노를 작은 트럭에 싣고 피난 길에 올랐어. 아빠는 오직 피아노만은 꼭 가져가야 한다고 우겼어. 네 살 때부터 아빠가 쳐 오던 우리 집 보물이라고. 지친 모든 사람들이 살기를 포기하고 무너져 널브러져 있는데 아빠가 일어나 소리쳤지."

"여러분 힘을 냅시다. 저 장벽만 넘으면 독일입니다. 여러분의 힘을 돋우기 위해 우리 딸 라마가 연주하겠습니다. 쇼팽의 '야상곡' 이 곡은 여러분의 마음을 편안하게 해 주는 달콤하고 꿈같은 멜로디입니다. 아빠의 말이 떨어지자마자 모두 부라보! 부라보! 하며 박수를 쳤어, 용달차에서 피아노를 내리는데 거짓말같이 빗방울이 돋는 거야. 사람들은 부랴부랴 비닐이나 천막을 꺼내 피아노 위에 커다란 천막우산을 만들어 들고 있었어. 나는 감미로운 선율, 서정적이고 아름다운 멜로디를 온 마음을 다해 치고 있었어."

"갑자기 희이잉, 우우우우우… 쾅!!! 팅팅팅팅… 포탄이 떨어졌어."

얼마나 지났을까?

"팅팅팅팅… 포탄의 잔 여음 소리가 들리고 엄마와 나, 그리고 많은 사람들이 골짜기에 굴러 떨어져 있었고 피로 범벅이 된 사람도 있었지. 내 피아노와 비닐을 천막처럼 들고 있던 사람들은 흔적도 없이 사라졌어. 우리 아빠도 어디로 튀었는지. 한 줌 가루가 됐는지 알 수 없게 됐지."

"그랬구나, 그래서 너는 맨바닥에 눈물의 악보를 그리는구나."

"자이다니 피아니스트는 세계를 돌아다니며 자선음악회를 열어 그 기금을 시리아에 보내고 있어. 가을에 에틀링겐에서 열리는 국제 청소년 피아노 콩쿠르(International Youth Piano Competition Ettlingen) 본선곡과 자유곡이 있는데 나는 자유곡으로 시리안 심포니협주곡을 연주할 거야."

"본선 곡은 준비했고?"

"드뷔시의 'L'isle joyeuse곡' 프랑스어로 '행복한 섬'이란 제목인데 피아노의 다양한 색채와 감정, 고도의 테크닉을 요구하는 곡이야."

"드뷔시의 '행복한 섬'은 어려운데 쳐보기라도 했어? 피아노도 없다면서 어떻게 하려고?"

"다행히 이 두 곡을 잘 알고 있어. 아빠도 피아노를 전공

했어. 아빠랑 나는 자이다니의 여러 곡을 연주했고 악보

를 외고 있을 정도였지."

"아, 이제야 네가 맨바닥에 눈물의 악보를 그리는 이유를

알겠다."

"잊어버릴까 봐 매일 땅에 그리고 있지만 피아노를 만져

보지도 못하는데…."

"나도 에틀링겐에서 열리는 청소년 콩쿠르에 나가. 본선 곡을 쇼팽의 피아노 협주곡 1번. 자유곡은 멘델스존의 피아노 협주곡 G단조야."

"너는 매일 피아노를 칠 수 있겠지? 악보를 잊지 않는다고 다 외우고 있다고 될 일이 아니야. 네 곡도, 내 곡도 어려운 곡인데 열심히 연습해라. 우승을 빌며 기도할게."

"포탄 속을 뚫고 죽음의 장벽을 넘어 왔는데 그렇게 쉽게 포기? 안되지. 좋은 수가 있다. 우리 집에 와 연습해. 엄마는 퇴근하면 늦은 시간이야. 아빠는 더 늦고. 우리 집에서 자도 돼. 나는 쇼팽 협주곡 많이 쳐봤어. 너는 낮에 연습하고 나는 저녁에 연습하고. 됐지?"

라마가 활짝 웃었다. 아마도 라마가 이렇게 웃는 예쁜 모습은 아무도 본 일이 없을 것이다.

라마와 손을 잡고 집으로 간 한나는 먼저 피아노 뚜껑을 열었다.

"라마 피아니스트님. 맨 바닥에 그리던 악보 쳐보세요.

저는 청중입니다."

물고기가 물을 만난 듯 라마는 악보 없이도 열광적으로
쳤다.

"야, 라마, 언제부터 이 곡 쳤어? 다 외우네."

"난, 이 곡을 잊지 않기 위해 날마다 맨 바닥에 그리며 눈
물로 이곡을 쳤어. 시리아에서부터 자이다니는 내 우상이
고 시리안 협주곡은 자이다니가 좋아한 곡이니까."

"보나 마나, 너는 일등할 거야. 이제 매일 학교 마치면 와
서 연습하는 거다. 아무리 완벽하게 연습해도 무대에 오
르면 틀릴 수가 있어. 연습엔 끝이 없다. 알았지? 맹연습
하는 거? 나. 만만하게 보면 안 돼. 이래 뵈도 나, 한나는
초등 1학년 때 '스타인웨이 국제청소년 콩쿠르' 저학년 부
1등 했다고요."

"그랬어요? 라마도 그만한 경력은 있다고요."

"하하, 그럼 됐네. 경쟁자가 있어야 연습이 더 잘 되는 거
알지?"

"그럼, 이제부터 우리는 경쟁자다. 낮에 피아노는 내 차

지다."

"좋아, 상대가 칠 때 듣고 서로 평 해주기."

"고마워. 한나야…. 너무 고마워."

"이쯤이 뭐라고. 너는 무섭고 끔찍한 전쟁 속에서도 살아 남았잖아. 어디에서 읽었다. 세상에서 가장 위대한 일은 사람을 살리는 일이라고. 사람을 살리는 일은 의사만이 하는 일은 아닐거야. 전쟁에서 절망에 빠져 희망을 잃은 사람을 구하는 일도 사람을 살리는 일이 아닐까요? 라마 피아니스트님. 한나도 사랑의 수호신 좀 돼 보자고요. 하 하 또 우네. 왜 우는데?"

"너무 감격해서. 매일 밤, 꿈에 나타나는 우리 아빠. 오늘밤엔 활짝 웃으시겠다. 아빠가 자주 꿈에 나타나. 라마야, 피아노 그만 두면 안 돼, 안 돼! 하고 울먹이셔,"

"이제 걱정 끝! 콩쿠르는 3개월, 남았다. 본선곡도, 자유곡도 열심히 연습하자. 우리는 경쟁자니까 혼신을 바쳐 열심히 연습하는 사람이 이기는 거야. 그런데, 그런데 라마야, 둘이 다 우열을 가릴 수 없을 만큼 잘 치면 어쩌지?"

"그럼, 내가 양보하지. 네가 피아노 주인이니까."

"아냐, 치열한 전쟁의 절망 속에서도 살아남은 우리 피아니스트 라마를 위해 당연히 내가 양보해야지."

"고마워!, 너는 천사야. 절망에 빠진 엄마와 나를 구해준 천사. 나는 열심히 연습해서 꼭 자니다이와 협연하고 내 꿈을 이룰 거야. 천사는 바로 내 곁에 있는 너야. 진짜, 그래."

라마는 눈물을 그렁그렁 담고 미소 지었다.

"울기는. 너는 충분히 해낼 수 있어. 너의 아픔과 꿈을 알게 되고 도울 수 있어 기뻐!"

한나는 라마를 끌어안았다. 둘은 눈물이 날만큼 꼭 껴안고 마주보며 웃었다.

킹 찰스 스패니얼

"임자, 처음 이 마을에 전원주택 짓고 이사 올 때 임자가 말했지. 나는 무서워서 밤이면 못 나간다고. 웬 동네가 큰 길에서 집까지 오는 길에 외등 하나가 없느냐고."

"그랬지요. 밤이면 집에 오는 길은 적막강산이었으니까요."

"그래도 10년 넘게 살아줬으니 고맙구려. 그간 텃밭 가꾸고 마당 풀 뽑고 고생도 많이 했소. 요즘은 곰곰 임자 말을 생각해요. 이제 좀 당신을 편하게 해줘야겠다고. 당신이 늘 아파트, 아파트… 노래 불렀으니 이제 아파트로 갑시다."

이래서 옥이 할머니는 아파트로 이사 왔다. 시의 끄트머리에 새로 지은 아파트였다. 이사 오던 날 밤에 옥이 할머니는 거실 커튼을 열었다. 앞 동 아파트에 불이 환했다. 아, 사람이 살고 있구면. 창문을 열고 '누구 엄마!' 부르면 '네.' 하고 대답할 것 같아 마음이 놓였다. 전에 살던 동네 집들은 띄엄띄엄 떨어져 있어 밤에 무슨 일이 일어나도 이웃에서 뛰어 올 수 없으니, 겁이 많은 옥이 할머니는 걱정이 되는 때가 많았다.

잠시 영감 생각에 젖어 있는데 코코가 바지 끝을 물고 끈다.
"오냐, 그려. 나가자."
옥이 할머니는 코코 목줄을 잡고 아파트 정원으로 나간다. 점심시간이 지난 때문인지 정원이 조용하고 맑다. 옥이 할머니는 코코 목줄을 길게 늘여 쥐고 천천히 걸음을 옮긴다. 살살 소매 끝을 간질이는 바람의 느낌이 좋다. 저녁을 먹고 동네 뒤 들판을 걷던 생각이 났다. 옛 절터가 있던 자리를 빙 돌아 영감과 손잡고 걷던 길이 눈물 나게 그립다.

마당 한편에 황토 집을 만들고 책 읽고 대금을 불던 남편이 갑자기 아파트로 이사하자는 말은 너무 뜻밖이었다. 이유를 묻다가는 '싫음 관두고.' 그럴까 봐 암 소리 안하고 이삿짐을 쌌지만 아무리 생각해도 수수께끼다.

영감은 아파트로 이사 온 다음, 다음해 춥던 겨울, 유행성 독감이 폐렴으로 변해 그만 세상을 떴다. 전원주택을 짓고 해거름에 대금을 불며 동네 뒷길 걷는 걸 좋아했다. '아파트로 이사해도 가끔 이 길 걸읍시다.' 그랬던 영감이 이 길을 몇 번 걸어 보지도 못하고 하늘나라로 갔다. 영감이 갑자기 곁을 떠나니 옥이 할머니는 그만 앞이 캄캄해졌다. 아들이 와서 간절히 말했다.

"어머니, 저의 집에 오셔서 함께 살아요. 혼자는 적적해서 안 돼요. 어머니."

"아니다. 느 아버지와 여기 와 말년을 어떻게 보내야겠다는 꿈이 있었다. 그 꿈을 펴 보지도 못했구나. 아직은 내 건강이 괜찮으니 찬찬히 생각 좀 하게 놔둬라."

거의 매일 드나들며 조르던 아들은 어머니 생각이 번하지 않겠다고 생각이 들었던지 어느 날 코코를 데리고 왔다.

"어머니, 제가 키우던 코코예요. 낯가림 없이 쉽게 친해지는 강아지라 금방 정을 줄 겁니다. 사료는 제가 사다 나르겠습니다. 무슨 일 있음 바로 전화하세요."

어려서부터 살갑고 정이 많은 아들은 사료 봉지와 함께 코코를 두고 갔다. 코코는 밝고 명랑하며 혼자 있기를 싫어한다. 주인을 끔찍이 따르는 킹 찰스 스패니얼 종류인데 이마와 코 입언저리, 가슴은 하얗다. 등과 긴 귀는 갈색으로 귀티 나는 강아지다. 천성이 낯가림을 안해서인지 아들네 집 갈 때마다 코코가 좋아하는 먹이를 가지고 가서인지 첫날부터 적응을 잘했다.

옆에 찰싹 붙어 오던 코코가 줄을 당기며 찡찡 댔다. '어디서 강아지 소리가 나지?' 둘러보는데 코코가 먼저 알아차리고 그쪽으로 줄을 당겼다. 좀 떨어진 곳에 학교에서 돌아오던 여자 애들 몇이 둘러 앉아 있고, 강아지를 안고 있는 아이도 둘이나 있었다.

"너희들 뭐하니? 우리 코코가 자꾸 여기 오자고 한다."

한참 신나게 이야기를 하던 아이들은 깜짝 놀라며

"우리들 예삐 이야기를 하고 있었어요. 할머니 강아지 무슨 종류예요? 무지 귀티 나요."

"킹 찰스 스패니얼 종류다. 왕실에서 살았던 강아지란다. 이름이 코코다."

"조상이 왕실에서 살았다고요? 정말 귀티 나요. 그래도 할머니, 개도 나이 들면 하늘나라로 가요. 코코가 그리되면 할머니도 엄청 슬퍼서 우실 거예요. 오늘 명지네 예삐가 하늘나라로 갔어요. 학교도 결석하고 예삐 장례식에 다녀오던 명지를 만나 위로해 주고 있어요."

그 소리에 슬픈지 명지는 엉엉 소리 내 울었다.

"우리 예삐요. 유치원 때부터 같이 살았어요. 예삐가 너무 나이가 많아 오늘 하늘나라로 갔어요. 화장해서 목 백일홍 나무 밑에 수목장했어요. 예삐가 가지고 놀던 인형, 바나나킥칩스 코끼리, 오리, 애완동물 헝겊 인형을 수목장나무에 걸어 두고 왔어요."

"얘들아 무슨 강아지를 수목장 한다니? 얘들아 수목장이
뭔지 알아?"

"강아지를 화장해 그 뼛가루를 항아리에 담아 나무 밑에
묻어 주는 거요."

"내~ 참, 사람도 수목장 못하고 강물에 뿌리거나 납골당
에 넣어두는 경우도 많은데….."

"할머니, 요새는 강아지. 고양이 납골당, 수목장도 있어요.
수의라고 아세요? 명지네 예삐는 분홍색 수의 입혔대요."
옆의 애가 잽싸게 거든다.

"할머니, 강아지 키우면서 뭘 모르시네요. 강아지도 나이
가 들면 치매가 와요. 눈도 잘 보이지 않고요. 아무리 고
기를 다져 맛있게 해 줘도 먹지 않아요. 그러다 하늘나라
로 가면 동물 장례식장에서 차를 가지고 와 태워 가요."

"그것뿐인 줄 아세요? 할머니, 49제도 해줘요."
아직도 눈물이 그렁그렁한 명지가 말한다.

"할머니, 우리 예삐도 49제 해 주기로 동물 수목장에 예

약하고 왔어요."

"명지야, 우리도 한 번 가 보자. 우리 모모도 비실비실 해. 나도 그렇게 해 줄 거야."

우두커니 서서 듣던 옥이 할머니는 속으로 혀를 끌끌 차며 아이들과 좀 떨어진 나무 의자에 앉았다.

'세상에, 저 아이들이 어른이 되면 우리 사는 세상은 어찌 될까?'

미래의 세상을 상상하며 우두커니 의자에 앉아 있는데 강아지를 안고 남편 마중을 가던 새댁이 코코를 흘금흘금 쳐다봤다. 그러고 보니 옥이 할머니가 사는 아파트에 강아지를 키우지 않는 사람이 별로 없다. 강아지 세 마리를 키우는 집도 있고 고양이를 키우는 사람도 많다. 새벽이나 저녁 정원은 강아지를 데리고 산책하는 사람들이 대부분이다. 이 시간은 거의 강아지, 고양이들의 놀이터, 산책로가 된다.

코코가 옆으로 지나가는 강아지와 말을 걸고 싶은지 줄을 당긴다.

"아이쿠, 우리 샤니와 친구 하고 싶은가 보네."

옥이 할머니가 아무 말 안하고 보고 있자, 새댁은 샤니를 데리고 미끄럼틀 쪽으로 갔다. 옥이 할머니는 천천히 코코를 데리고 503호 집에 들어 와 코코에게 간식을 주고 창가에 섰다. 3천 여 세대가 입주해 사는 이 아파트 단지는 전에 살던 곳과는 딴 세상이다. 전에 살던 동네도 아이들 소리는 들을 수 없고 거의가 두 노인 부부만 살았다. 누구네 집이든 누렁이를 키웠다. 누렁이는 순했고 열린 사립 안엔 누렁이 혼자 뒹굴뒹굴 집을 지켰다. 누렁이는 집을 지키고 적적함을 달래주는 한 식구였지. 애완용 장난감 강아지가 아니었다. 한참 이런 저런 생각을 하고 있는데 폰이 울렸다.

친구 며느리 정현이였다. 정현이는 무조건 울기부터 했다.

"어머니(정현이는 시어머니가 살아 있을 때부터 옥이 할머니를 어머니라 불렀다.) 오늘은 우리 어머니가 너무 많이 생각나요. 야야, 나는 요양원에 가기 싫다. 아직 나는 정신멀쩡하다.

네 생일, 내 아들 생일, 손주 민이 생일도 다 기억한다."

"그럼요. 어머니는 치매 아니고 말고요. 누가 어머니 보고 치매라고 하던가요?"

"저 건넛집 충주댁은 요양원에 갔단다. 치매라서 가스 불 함부로 켜면 불이 날 수도 있다고 지난주에 요양원에 보냈단다. 그렇지. 아무도 없는 집에 혼자 있다 사립 나가 길 잃어버리면 안 되지. 안 되지. 그렇고말고…."

"어머니는 치매 아니니까 그럴 리 없어요. 걱정 붙들어 매세요. 어머니. 하하 정말로요."

"아니다. 내가 말이다. 저 변기에 앉기가 어렵다. 내가 넘어져서 골반을 다쳤지 않나? 허리까지 아파서 니들 없을 때 내가 변기에 앉는 연습을 많이 한다. 근데 말이다. 갈수록 힘들어지는구나. 하시며 땅이 커지게 한숨을 쉬셨어요."

정현이는 눈물 젖은 목소리로 마트에서 일 보는 것 그만두고 그냥 어머니를 모실 걸… 후회된다고 하소연했다. 정현이는 시어머니와 허물없이 농담도 하며 지내던 딸 같은 며느리라 그 애틋한 마음을 누구보다도 잘 이해하는 옥이할 머니다.

정현이 시어머니 친구 금자는 또래 중에서도 건강하고 밭일도 잘했다. 어느 날, 들깨다발을 한 짐 안고 내리막을 내려오다 미끄러져 넘어졌다. 골반 뼈가 금이 갔다고 했다. 골반 뼈는 수술도 못하고 누워 있어야 된다는데 나이도 나이인만큼 애를 태우다 결국은 요양원으로 가더니 6개월만인가 요양하다 하늘나라로 갔다. 요양원에 가기 전에 집으로 찾아갔더니 혼자 누워 있었다.

"애 엄마는 어디 가고….."

"마트에 갔지. 애들이 셋이나 되는데 다 학원을 다닌다네. 엄마라고 한 푼이라도 보태려고 애를 쓰지. 친구야, 저거 말야. 변기에 앉을 수 없으면 요에다 쌀 거 아냐? 정신이 멀쩡하면 뭐 하겠나? 오줌, 똥 못 가리면 빙신이지. 친구야, 애 엄마가 늦게 퇴근하고 와 똥. 오줌 싼 거 치우려면 얼마나 힘들 것나. 내 몸 하나 건사 못하는 나는 아

들과 며느리에게 짐만 될 거 아니가? 친구야, 밤새 잠이
안 온다. 아무래도 나 요양원에 가야겠지? 친구야. 자식
에게 짐 되지 않게 하는 게 어미 도리 아니것나?"

친구는 두 눈 가득 눈물을 그렁그렁 달고 컥컥 눈물을 삼
키는지 목젖이 울렁댔다.

옥이 할머니는 손수건을 꺼내 친구의 눈물을 닦아 주며
같이 울었다.

돌아오는 길은 가슴에 큰 돌멩이 하나 매단 듯 무겁고 서
러워 밤새 잠을 못 잤다.

'치매도, 몸을 움직이지 못하는 것도 다 무섭구나!'

'암, 정신줄 놓지 말고, 넘어지지도 말고, 발밑 똑바로 보
고 걸어야지.'

"코코야, 우리 저녁 맛있게 먹자."

옥이 할머니는 코코와 자신의 식사를 챙기기 위해 싱크대
앞에 바로 섰다.

임마누엘 합창단

아들 동욱이가 '영어 학원' 회비를 '기타 학원'에 주고 온 날, 교도관은 불같이 화를 냈다. 며칠 후 학원 앞에서 기다리던 아버지를 보고 아들은 아슬아슬하게 횡단보도를 건너다 교통사고를 당했다. '꿈이 가수라니…. 말도 안 돼.' 가수의 꿈을 접고 어떻게 인생의 진로를 바꿔 줄 것인가? 교도관이 고민에 빠져 있을 때 꿈도 피워보지 못한 아들은 세상을 떴다. 아들의 장례식를 마친 교도관은 출근하며 원장 앞에 섰다.

"청소년 소년원으로 옮기고 싶습니다."

멍하니 쳐다보던 원장이 말했다.

"20년 넘게 묵묵히 모범 교도관이었던 자네가 웬일인가?"

아들이 사망하던 날 발견한, 자신에게 주려고 아들이 쓰다만 편지를 건네주었다.

– 퇴근하고 집에 오면 아버지는 늘 어두운 표정이었습니다. 아버지는 제게 꿈이 무엇이냐고 물은 적이 있으신가요? 저는 노래를 부르고 싶습니다. 노래로 아버지의 얼굴을 활짝 펴 드리고 싶었습니다. 저는 노래로 지치고 아픈 사람의 마음을 다독이고 안아 주고 싶습니다. –

원장이 편지를 읽는 동안 교도관은 눈물을 쏟았다. 아들 장례식 날에도 울지 않던 교도관이었다.

"알았네. 소년원에 있는 청소년들은 자네 아들보다 더 기막힌 아픔을 가진 아이들이네. 아들처럼 잘 돌봐 주게나."

다음 달에 교도관은 청소년 소년원으로 자리를 옮겼다. 새 마음으로 출근했다.

첫 인사를 할 때 아이들은 고개를 삐딱하게 들고 쳐다봤다.

'이 애들은 이미 청소년 구치소를 거쳐 들어 온 아이들이지? 꼭 우리 동욱이만 한 아이들이군.'

동욱이를 생각하면 가슴이 쓰리다. 한 번도 마음 터놓고 이야기 하지 못한 아들 동욱이. 인생에서 가장 빛나는, 반짝이는 시기를 철창 안에서 보내는 아이들을 돌보며 따뜻하게 손잡아 보지 못한 아들의 이야기를 듣고 싶었다. 다 끝맺지 못한 편지의 뒷이야기를 듣고 싶었다.

여기 소년원에 온 아이들은 이미 구치소를 거쳐 온 아이들이다. 눈매들이 매섭고 순발력, 눈치가 빠르고 민첩한 아이들이다. 교도관이 이곳 '청솔소년원'에 부임하고 며칠 후, 경찰이 소년 한 명을 붙잡아 차에 태우고 왔다.

"이 아는 골치 아픈 놈이오. 쉼터와 구치소를 들락거린

아요. 보호 관찰 중 지켜야 할 교육 명령을 어긴 일이 한 두 번이 아니었고, 이번에 현장에서 잡혔소. 겁도 없이 잠깐 세워 놓은 남의 차를 몰고 가다 가게를 들이받아 대형 사고를 냈소. 사고를 칠 때마다 한 번만 더 사고를 치면 바로 소년교도소에 갈 끼다 했건만…."

박승혁이라고 했다. 중 2때부터 가출하여 소년원에 온 경력이 화려하다고 했다. 경찰은 쓰디쓴 인상을 지었고 승혁이는 덤덤한 표정으로 교도관 뒤를 따라 상담실로 들어갔다. 무심하게, 상담실로 들어가는 승혁이를 보고 아이의 죄의식 없는 무덤덤한 표정에 교도관은 몸이 떨렸다.

승혁이는 영리한 아이다. 어려서 부모와 헤어졌고 할머니 손에서 자라다 할머니가 돌아가시자 쉼터 등을 떠돌아다니고 소년원까지 오게 되었다. 중등 검정고시까지 거뜬히 합격했고 보호 관찰이 되어 나가면 언제나 일을 저질렀다. 이번에도 세워 놓은 차로 사고를 친 일은 승혁이에게도 충격이었는지 경찰에 순순히 잡혀 왔고 사고를 당한 미야 엄마의 장례를 치르는 동안 스스로 독방에 갇혀 있었다. 구멍가

게가 전 재산인 미야 어머니 장례식이 있던 날. 동네 사람들이 소년원 앞에서 난동을 부렸다. 소년원을 이곳에 지을 때부터 반대를 했던 사람들이다.

"소년원은 불량청소년을 교정하고 보호 감찰한다는데 맨날 사고야. 무서워서 어디 아이들 키우겠나?"

"오토바이와 차를 훔쳐 사고를 내지 않나? 빈 집에 들어와 절도를 하지 않나?"

할머니 한 분은 소년원 문 앞에서 대성통곡을 했다.

"미야 엄마가 얼마나 착했는데, 일찍 남편 죽고 딸 하나 잘 키우겠다고 몸 아끼지 않고 일했는데…. 어여. 미야가 불쌍해서 어찌해. 저 불쌍한 어린 것 어이 할꼬?"

모여 선 아주머니들도 두런두런 얘기를 한다.

"미야, 엄마가 늦은 저녁 가게 문을 닫고 나오려는 찰나 소년원 학생이 차를 몰고 가게를 들이받았대요. 미야 엄마가 그 자리서 뇌진탕으로 그만 사망했다는군요."

"미야는 이제 어떻게 살아가나? 남의 일 같지 않아. 불쌍해서 어쩌지. 즈 엄마 영정 앞에 혼자 오도카니 앉아 울지도 못하대. 쯔쯧….”

이 시간 선생님들은 교무실에서 긴급회의를 열고 있었다.
“범법소년, 촉법소년 때 무조건 그냥 돌려보내면 안 됩
니다. 그에 맞는 적당한 벌을 줘야 재범을 방지하는 효과
가 있습니다.”
“맞아요. 어리다고 훈방해 내보내면 또 나쁜 일을 저질러
또 들어오고…. 그런 애들 뭐라고 하는지 아세요? 우리
잡아 벌주세요. 벌줄 수 있으면 벌주세요, 라고. 어리니까
벌줄 수 없다는 점을 미끼 삼아 나쁜 짓을, 나쁜 줄도 모
르고 반복하여 저지르는 게 습관이 되어 여기 소년원까지
오게 되는 거지요. 평생을 주홍 글씨를 달고 살게 되어 영
영 사회하고는 멀어지게 됩니다. 살기 위해 나쁜 일을 저
지르게 되고 평생 교도소를 집 삼아 살아가는 안타까운
일이 벌어지는 거예요.”
“그렇다고 아직 뭐가 뭔지도 모르는 아이들에게 어떻게
가혹한 벌을 줄 수 있습니까? 친구들이나 이웃들이 ‘저

애는 나쁜 아이야. 쟤하고 놀면 안 돼.'라고 하죠. 그러면 아이는 멋모르고 저지른 죄 때문에 친구들 사이에 왕따가 되고 격리되어, 이웃과 사회와 멀어져 가출하고 나쁜 짓을 저지르고 결국은 소년교도소 신세를 지게 됩니다."

"회의를 하고 해도 끝이 없겠습니다. 범법, 촉법소년일 때 교화가 잘 됐으면 여기 소년원까지는 오지 않았을 아이들을 보면 그저 안타깝습니다. 세상에서 가장 위대한 일이 무엇이겠습니까? 죽음을 앞둔 아픈 사람을 살리는 일은 의사 선생님이 할 일이지만, 우리 교도관들은 살인, 가혹한 행위, 무면허 교통사고로 상대에게 준 극심한 상처와 아픔을 자신의 것인 양 느낄 수 있게 해 줘야 합니다. 사람은 물건이 아닙니다. 사람을 사람으로 존중하고 인간 기본의 마음을 찾아 주는 것도, 범죄의 구렁텅이에서 구해주는 것 또한 위대한 일이 아니겠습니까?"

원장님의 말씀을 묵묵히 듣고 있던 교도관들은 아무 말이 없었다. 원장님 말씀을 듣는 내내 새로 부임한 교도관 마음도 무겁기만 했다.

"말이 없는 것 보니 다들 생각을 하시는 모양입니다. 여기 소년원 청소년들은 아직은 병들고 제멋대로입니다. 그들을 참 사람으로 기를 수 있는 여러 교도관님들의 좋은 생각을 기대하겠습니다. 이상. 오늘 회의는 여기서 마칩니다."

집에 와 교도관은 밤새껏 생각에 잠겼다. 새벽녘, 교도관 가슴을 감동으로 떨게 했던 음악과 함께 환히 불이 들어 왔다.

모차르트의 음악이 스피커를 통해 흘러나오는 순간, 동작을 멈추고 음악에 빠져 얼어붙어 있던 죄수들, 음악을 틀어준 주인공 앤디 뒤프레를 감싸고 따르던 감옥 속의 죄수들.
교도관은 무릎을 쳤다.
'이거야! 노래. 노래 속엔 사랑과, 고뇌, 그리움, 연민이 다 들어있지….'
가수이고 싶다던 아들의 꿈을, 교도관은 이제는 이해할

것만 같았다.

　구치소 안 '소년합창단'을 만들자는 교도관의 기안에 사인
을 하며 원장은 고개를 갸웃했다.
　"잘 할 수 있을까? 노래가 정말 아이들의 마음을 움직이
고 정화시킬 수 있을까?"

　며칠 후, 선생님이 오셨다 성당에서 성가 지휘를 하시던
선생님께서 재능 기부를 해 주시기로 했다. 선생님도 교도
관만큼 열성이었다. 아이들은 더 했다. 모이라고 합창 시간
이 됐다고 말할 필요가 없었다. 아이들은 언제 왔는지 강당
에 모여 반장의 지도 아래 발성 연습을 하고 있었다. 애 띤
모습의 종수는 더 열심이었다.
　"종수야, 재밌어? 젤 열심인 것 같다."
　"네, 재미있어요. 노래는 제가 하고 싶었던 거였으니까요.
저는 아버지께 이 모습을 보여 드리고 싶어요. 제가 얼마
나 이곳 생활을 잘하고 있는지 보여 드리고 싶어요."

종수는 해맑은 아이다. 다른 아이들과 달리 맑디맑았다. 순수하고 저토록 맑은 아이의 죄목은 도벽. 한두 번도 아니고 습관성 도벽, 학교에서도, 마트에서도, 심지어 아버지의 지갑에서까지 습관적으로 훔쳤다. 아버지가 구치소에 넣기를 원했다고 한다. 일시적인 훈방보다 구만리 같은 아들의 인생이 더 중요했다고 말씀하시며 우셨다고 했다.

때론 살벌하기도, 황폐하기도 한 구치소 철창 안이 환해지기 시작했다. 아이들의 얼굴에 웃음이 피어났기 때문이다. 치고 박기를 일삼았던 철창 안에서 노래가 피어났기 때문이다.

드디어 합창발표 날이 일주일 후로 다가왔다. 아이들은 단복을 맞추어 입었다. 단복을 입고 무대에 서니 화음이 더잘 어울렸다. 아이들 얼굴에 꽃이 피었다. 웃음꽃이었다. 일주일이 후다닥 지나갔다. 아이들은 노래 연습에 몰두해 거친 소리나 싸움질 같은 건 생각 밖이었다.

합창발표회 날, 아이들은 빨강 카네이션 꽃 한 송이를 하얀 웃옷 포켓에 꽂고 무대에 섰다.

부모님, 형제들도 왔다. 선생님들도 다 강당에 모였다. 아이들은 하나같이 맑았다. 그들 어디에도 '소년원구치소' 아이들이란 흔적은 찾아 볼 수 없었다.

'에델바이스', '그리움', '고향', 마지막으로 '희망의 나라로'를 불렀다.

- 배를 저어가자 험한 바다 건너 저편 언덕에…. 맑고 경개 좋은 환한 … 돛을 달아라 부는 바람맞아 물결 넘어 앞에 나가자! -

아이들은 가슴에 꽂은 카네이션 꽃을 부모님께 드렸다. 부모님들은 아이들을 껴안았다. 강당은 순간 울음바다가 되었다. '쇼생크 탈출' 영화 장면이 그 위에 겹쳐 펼쳐졌다.

주인공 앤디 뒤프레의 친구 레드는 말한다. 스피커를 통

해 들려오던 '오페라 휘가로의 결혼' 중 '편지'의 이중창을 들
으며

"가슴이 아프다. 음악이 너무 아름다워! 아름다운 새가
날아와 교도소 벽을 허물어트리는 것 같아."

합창단 아이들이 출소했다. 보호관찰 중 지켜야할 교육
명령을 잘 지킨 승혁이도 출소했다. '임마누엘 합창단'을 지
휘했던 선생님이 '소년원'을 출소한 아이들을 모아 합창단을
만들어 요양병원을 돌며 노래 기부를 한다는 기사를 읽을
때마다 교도관은 기뻤다.
　지병이 있던 교도관은 사직서를 쓰고 소년원을 나왔다.
교도관은 가끔 아이들을 만나 맛있는 밥을 함께 먹는다. 오
늘도 만나기로 한 날이다.

"여기, 여기라고 했는데…."

어두운 골목 안. 굵은 테 안경의 전직 교도관이 느리게, 때론 빠르게 두리번거리고 있다.

"분명, 여기쯤에서 만나자고 했는데…."

교도관은 멈춰 서서 두리번거린다. 그때 멀리서 달려오는 소년.

"아버지, 아버지이~"

"오, 종수야!"

교도관도 달려간다. 두 사람은 한참 얼싸안았다. 가로등 불빛에 보이는 소년은 아직도 애 띤 얼굴이다.

"춥지? 손 좀 녹여라."

교도관은 핫팩을 종수 손에 쥐어 준다. 뜨거운 핫팩을 가슴에 안고 종수는 울먹인다.

"아버지, 따뜻해요. 아버지 마음이 핫팩 안에 꽉 차 있어요."

"종수야, 친구들 만나나? 요즘은 어떻게 지내나?"

"걱정 마세요. 아버지, 모두 잘 지내요."

"먹기도 잘 하고 걱정거리는 없고?"

"네, 좀 있으면 교도소에 있던 형, 동생들이 올 거예요. 엊그제 길에 떨어져 있는 지갑을 주웠어요. 카드도 있고, 돈도 제법 있었는데…. 솔직히 좀 망설이다. 건너편 파출소에 갖다 줬어요. 잘 했죠? 아버지."

"잘했다. 잘 하고말고…."

두 사람은 손을 마주 잡고 흔든다.

오늘도 종수가 신문 한 부를 들고 왔다.

'임마누엘 청소년 합창단'

- 요양원을 찾아가 노래하는 천사들.

'임마누엘 청소년 합창단' 아이들의 사진과 글이 신문 한 면을 차지하고 있었다. 교도관의 눈물이 볼을 타고 흘러 내렸다. 교도관이 눈물을 훔치는 사이 한 떼의 아이들이 몰려

왔다.

"아버지 우리가 왔어요. 승혁이가 왔어요."

"우리는 천사가 됐어요. 노래하는 천사요."

"아픈 사람, 불우한 사람을 찾아가 희망을 주는 천사요."

다투어 교도관을 둘러싸고 얼싸 안았다.

"아버지 사랑합니다! 우리를 사랑으로 다시 태어나게 해 주신 아버지 고맙습니다."

그들 속에 아들 동욱이도 끼어 손을 흔들며 환하게 웃고 있었다.

동해 바다엔 그리운 사람이 산다

민구는 오늘도 창밖을 본다. 하늘도 바다도 청명한 날이다.

수평선 너머 솟아오른 울릉도의 모습이 한 폭의 수채화 같던 그림을 떠 올린다.

작년에 화가와 작가들이 울릉도 독도 체험을 왔었다. 이미 홍보 책자로 만들어진 어느 화가의 울릉도 그림을 들여다본다. 한참을 들여다 보던 민구는 서랍 속에서 사진을 꺼낸다.

"민구야, 엄마와 형아가 생각나면 이 사진을 봐. 여기가 울릉도야. 이렇게 날이 좋으면 엄마는 바닷가에 앉아 민구를 생각한다."

"진짜로 엄마가 나를 생각해?"

"그럼, 그럼. 학교에서도 낮에도 밤에도 엄마는 민구를 생각하지."

"거짓말? 그럼 엄마는 왜 울릉도에 갔어? 여기 학교도 많잖아?"

"네가 더 크면 알 수 있어. 왜 울릉도에 갔는지."

말끝을 흐리며 엄마는 말없이 민구를 꼭 안았다. 엄마 눈물이 민구 손 등에 떨어져 민구는 엄마가 울고 있다는 걸 다 안다. 그러면 민구는 엄마의 가슴을 더듬어 엄마 젖을 만지며 킁킁 냄새를 맡았다. 엄마 냄새는 언제나 달다.

민구가 근무하는 해양경찰서 소속 울릉지서에서는 오늘처럼 맑은 날이면 동해바닷속 물고기 비늘까지 환히 들여다보인다. 햇빛을 받아 반짝이는 바다는 동해 바다의 햇빛의 밝은 빛과 어울려 여러 가지 빛의 무늬를 이루며 전설 속의 이야기를 쏟아 낸다. 이런 날, 오늘처럼 하늘도 푸르고 맑은 날에도 민구는 애타게 자신을 찾았다는 엄마를 떠올린다.

엄마는 늘 바람에 흐트러진 머리칼을 쥐어뜯으며 마구 민구를 찾았다.

"민구야, 민구야. 많이 아파? 엄마가 갈게. 조금만 조금만 참고 기다려."

엄마는 파랑주의보가 내린 선창가에서 몸부림을 쳤다고 했다.

"민구야, 기다려, 기다려. 엄마가 갈게. 아, 많이 아프냐? 민구야? 또 머리가 아파?"

선창가는 아무도 없었다고 했다. 이미 파랑주의보 경고 방송을 듣고 주민들은 집에 들어 가 있었다. 선창가엔 민구 엄마만이 흐트러진 머리를 하고 팔을 저의며 민구를 부르다 가 땅을 치며 꺽꺽 울었다고 했다.

민구는 자주 아팠지만 이웃 도움으로 병원에 실려 갔고

단골의사 선생님은

"아이쿠, 열이 대단하군. 감기 몸살이야. 이놈 감기도 자

주하고 이번엔 독감일세."

민구네 사정을 잘 아는 의사 선생님은 언제나 따뜻하게,

정성껏 잘 치료해 주셨다. 덕분에 민구는 회복을 했고 엄마

는 주말에 오셔서 민구가 좋아하는 반찬을 해 놓고 가시려

고 짐을 챙기셨다.

"엄마 가지 마. 형아야, 엄마 가지 말라 해."

"민구야, 엄마는 가야 해. 학생들이 기다리잖아."

"여기도 학교가 있는데 왜 엄마는 울릉도 학교까시 가?"

엄마는 뒤도 돌아오지 않고 가셨다. 민구는 형을 붙잡고 소리쳤다.

"파랑주의보가 불면 엄마는 토요일이 돼도 못 오잖아. 그렇잖아 형아!"

형아도 아무 말 못하고 할머니는 앞치마로 눈물을 훔치며 형제를 보고 계셨다.

주말만 되면 민구는 바닷가에 나가 수평선 너머 멀리 엄마가 언제쯤 오실까 기다렸다.

엄마는 파랑주의보가 내려 집에 오지 못하는 날이 많았다. 그런 줄도 모르고 민구는 토요일만 되면 눈 빠지게 엄마를 기다렸다. 기다리다 지쳐 민구는 눈물 그렁한 채로 잠이 들었다. 그 때는 청룡호라는 큰 배가 있었다. 울릉도에서 동해까지 오는 데는 10시간에서 12시간이 걸렸다고 한다. 엄마는 민구 형제를 보기 위해서 12시간 배를 타고 와 반찬을 만들어 놓고 잠도 제대로 못 자고 일요일 저녁에 배를 타고 새벽에 내려 학교 갈 준비를 했다고 한다. 무릎도 아프신 할머니께서 '우리 강아지, 우리 똥강아지' 하며 정성을 다했지만 민구는 밤이면 엄마가 더 그리웠다.

한가한 점심시간인데 갑자기 사무실 문이 덜컥 열리며

"민구 선배. 항상 창가에 앉아 무슨 생각을 해요?"

"응? 무슨 생각? 오늘은 바다가 잔잔해 그림 같다는 생각. 자네도 이리 와 봐. 꼭 수채화를 보는 것 같잖아?"

"선배는 언제나 시인 같은 소리만 해요. 그럼 시인이 되지. 왜 해양 경찰을 지원했어요?"

"시인은 아무나 되나? 시인이 되려면 국문과에 갔어야지. 검정고시로 고교 졸업장을 쥔 주제에 시인은 무슨 시인?"

"그러니까요. 선배 같은 실력자는 본사에 근무하며 야간 대학 국문과라도 같아야 되는데…. 울릉도 오지에 오다니. 아, 아쉽다, 아쉬워!"

친한 후배가 쏘아대는 말에 민구는 느리고 낮게 대답한다.

"여기 울릉도에, 그리운 사람이 살고 있어서… 아니 그리운 사람이 살고 있었어서…."

"참 선배도. 애인도 없으면서 그리운 사람이라니요? 그러니 시인이 되어 시나 쓸 거지…."

조심스레 문 닫히는 소리를 내며 후배가 나가는 기척이 들렸지만 민구의 눈과 마음은 창밖에 꽂혀 있다.

창밖을 보며 민구는 주르르… 눈물을 흘린다. 오늘처럼 맑고 푸르른 날, 1학년이었던 민구는 할머니와 함께 청룡호를 타고 울릉도 청파초등학교에 왔었다. 여선생님이 하나뿐인 청파초등학교 운동회 날이었다. 여선생님이 한 분 뿐이어서 엄마는 무용을 세 가지나 했다.

1, 2학년. 짝짝꿍 무용. 3, 4학년 꽃 춤. 5, 6학년 마스게임. 3. 4학년 무용이 끝나자 앉아서 구경하던 학부형들까지 일어서 박수를 쳤다.

명절 때 전을 부쳐 놓는 동그란 채반 둘레에 종이꽃을 만들어 달고 추는 춤이었다. 꽃을 단 둥근 채반을 높이 달고 빙빙 돌기도 하고 몇 명씩 모였다. 흩어졌다. 또 꽃을 가운

데 손가락에 달고 꽃 채반을 높이 들고 돌면 하늘에 색색의 꽃이 물결처럼 예뻐 하늘의 꽃밭 같았다. 민구는 할머니와 함께 교회를 열심히 다녔다. 목사님이 말씀하신 천국에는 저렇게 예쁜 꽃들이 팔랑팔랑 파르르… 향기를 풍길 것만 같았다.

그날 민구는 운동회를 마친 엄마와 오랜만에, 참말로 오랜만에 목욕을 갔다. 엄마는 민구를 아기처럼 안고 머리도 감기고 등과 팔 다리를 깨끗이 씻기고 비누칠하고 수건으로 닦아 주셨다. 물끄러미 바라보시던 낯 선 할머니가

"선상님, 아들인가요? 함께 데리고 와 청파학교 다니지? 집엔 누가 있어요?"

"할머니가요. 애가 너무 약해서 병치레를 많이 해요. 자주 아픈 편인데 병원이 없어서요."

"쯧쯧 그렇기도 하겠네요."

민구는 그날 울릉도에서 두 밤을 자고 왔다. 운동회 다음 날, 일요일은 오늘처럼 햇빛이 곱고 맑았다. 엄마와 민구는

바닷가에서 두꺼비 집도 짓고 소라와 고동도 잡았다.

초등학생이 되고 엄마와의 추억은 이뿐이다. 그날 이후 엄마와의 추억은 끊겼다.

"선배, 선배!"

조금 전 문을 조심스레 닫고 나갔던 후배가 요란스레 문을 열고 들어 왔다.

"선배님, 선배님은 뭐 했어요? 바다만 바라보려고, 검정고시 학원을 다니셨나요??"

"갑자기 그건 왜 물어?"

"선배, 선배 형은 공부 늘 1등 했다며요?"

"갑자기 그 이야기는 왜? 그래. 나도 공부 잘했다. 경찰 공무원은 아무나 되는 줄 알아?"

"선배 형님이 오셨어요. 와, 쟁쟁한 형님. 자격증이 다섯 개인데 더 공부하려고 야간대학 입학했대요."

뒤이어 형님이 들어오셨다. 더 멋져지고 훤한 형님이 되셨다. 엉거주춤 일어서는 민구를 끌어 안더니

"아직도 저 앞, 울릉도 선착징만 바라보냐?"

"응, 저기 저 앞, 선착장과 울릉도엔 그리운 이가 사니까…."

"안 들어도 안다. 그리운 이가 산다. 울릉도엔 그리운 엄마가 있다. 이 말이지?"

울먹인 목소리의 형은 동생의 어깨에 손을 얹고 햇빛을 받아 반짝이는 바다. 햇빛을 따라 옅고 진한 녹색을 중심으로 다양한 빛을 담은 한 폭의 수채화처럼 펼쳐 있는 동해 바다를 본다. 형은 붉어진 눈을 깜박이며 말한다.

"민구야, 울릉도가 이렇게 아름다운 섬이었어?"

"나도 여기 와서 알았어. 우리 어릴 적 울릉도는 엄마를 뺏어 간 나쁜 섬이었지. 그런데 다 커서 지금 보는 울릉도는 매일 울며 저주했던 섬이 아니었어."

"저주하기는, 울릉도가 엄마를 빼앗아 갔기 때문에 열심히 공부해서 나도 너도 꿈을 이루었잖아. 너는 검정고시로 네가 원했던 해양경찰 공무원 시험에 합격해 해양 경찰이 됐고 나는 기술 고등학교를 나와 원했던 자격증을

여러 개 땄잖아. 나는 기술고교 교사임용고시도 준비하고
있어"

"자랑스러운 형, 오늘처럼 맑은 날, 바람이 부드럽게 불
면 파도소리가 꼭 피아노 소리 같아. 바다는 동화 속처럼
환상적이야."

"그런 날에도 끔찍했던 그 날의 엄마를 생각하니?"

"아니, 엄마도 이젠 저 동화나라 같은 바다에서 잘 자란
우리를 보고 행복할 거란 생각이 들어."

"어찌 생각하면 울릉도라는 섬이 우리를 키워 준 것 같
다."

"그래, 형, 나는 평생 바다지킴이가 되어 오늘 같은 날이
면 동화 속 같은 바다를 보며 꿈꾸고, 폭풍과 풍랑으로 무
서운 날이면 벌벌 떨며 엄마, 엄마, 부르며 엄마와 함께
있을 거야."

아빠는 자주 토했다. 식도암이었던 아빠는 민구가 막 돌
을 맞이했을 때 세상을 떴다. 교사 자격증이 있던 엄마는 어

떻게든 아빠 몫까지 다해 두 아이를 잘 키우는 일이 엄마의 몫이라고 생각하며 복직을 했다. 복직 후 발령을 받은 학교가 울릉도 청파초등학교였다. 울릉도로 갈 차비를 하는 엄마를 보고 할머니께서 말씀하셨다.

"걱정 말고 가거라. 네가 잘 되면 애비도 기뻐할 거다. 애는 잘 키울 테니 걱정 말거라."

민구는 태어날 때부터 체력이 약했다. 민구가 걱정이 되었지만 어려서부터 할머니 손에서 자란 민구였기에 별 걱정 없이 떠났다. 엄마는 가장이었다. 아무리 가장답게 마음을 굳게 다져도 바람만 세게 불면 걱정이 앞섰다. 혹시 감기에 걸려 폐렴이 되지나 않는지 걱정이 되어 한숨도 못 잤다.

형은 그날 밤에 민구의 하숙에서 민구와 함께 잤다.

형과 민구는 덜컹대는 바람 소리에 창문을 열었다. 낮 동안 바람은 잔잔하게 불었었고 햇살은 춤추듯 물결 위를 은은하게 비췄다. 그러나 밤이 되면서 바다의 숨소리가 거칠었다. 먼 바다에서부터 파도가 밀려왔다가 방파제에 부딪쳐 사라졌디. 먹빛으로 짙은 밤하늘, 차갑게 빛나는 별들. 더 높이 솟구치는 파도는 거친 숨을 몰아쉬며 바위를 때렸다. 소금기 가득한 바다 냄새가 방안으로 밀려들어 왔다. 온화했던 낮은 온데간데없고 무섭게 돌변한 밤바다의 무한한 변덕스러움을 느끼며 형과 민구는 오돌오돌 떨었다.

"민구야, 너 저런 바다가 무섭지도 않아? 울릉도 지서 근무 연장은 왜 해?"

"나는 이제 알아. 엄마가 아픈 나를 위해 파랑주의로 배가 뜨지 않는 밤에 어떻게 돌아가셨는지를. 저 선창가에서 몸부림치며 파도에 휩쓸려갔을 거라고 할머니께서 말씀하셨어. 내 언제 죽을지 모르는데 죽기 전에 꼭 나한테 들려 줄 말 있다는 게 엄마의 마지막 모습이었어. 엄마의 시신도 찾지 못하고 해매는 할머니께 마을 사람들이 말해 줬대. 파랑주의보 방송을 듣고 마을 사람들은 집안에 꼭꼭 숨어 있었는데 엄마만 내 이름을 부르며 선창가를 헤맸다는 거야. 다음 날 해경들이 바다를 수색했지만 엄마의 시신은 찾을 수가 없었대."

형은 말없이 민구의 말을 듣고 있다.

"2년마다 이동이 있는데 나는 여기 더 있기로 연장했어. 오늘밤처럼 파도가 무섭게 치면 엄마는 미친 듯 나를 찾겠지. 그러니 나는 여기 있어야 돼. 내가 곁에 있어야 엄마가 안심할 거거든. 안 그래? 형."

"네 마음 알겠다만 너를 여기 혼자 두고 나 혼자 뭍에 있기 힘들어."

"그래도 우린 젊잖아. 폰으로 얼굴도 볼 수 있고 자주 통화도 하고… 우린 젊으니까. 그리고 본사로 가면 울릉도가 안 보여. 난 이곳이 좋아. 파도가 쳐도 무섭지 않아. 엄마가 날 지켜 줄 거니까? 여기 있으면 항상 엄마가 바로 내 곁에 있는 것 같아."

창밖은 여전히 사나웠다. 바람이 불어오는 쪽으로 물결이 폭발하듯 부서졌다. 해안선을 두드리는 파도의 힘은 무서웠다. 파도가 방파제에 부딪치는 소리가 방안을 뒤흔들었다. 바다는 어디가 어디인지 분간할 수 없을 정도로 까맣고 파도만 하얀 머리 풀어헤친 유령처럼 가닥가닥 흩어졌다. 휩쓸리다가 바위며 방파제를 때렸다.

"저랬을 거야. 엄마가 나를 부르며 파도에 휩쓸려간 상황

이 저랬을 거야."

두 형제는 그날 밤의 엄마를 떠 올리며 꼭 끌어안고 울었다.

엄마를 바다에 묻은 채 형과 민구는 고아가 되었다. 할머니는 형제를 키우기 위해서 허리며 무릎, 아프지 않은 데가 없었다. 형과 민구는 주먹을 불끈 쥐고 공부했다. 형은 장학금을 받으며 기술고등학교 졸업한 후 꿈을 이루기 위해 도서관에서 살며 자격증을 따기 위해 공부를 했다. 민구는 중학교를 졸업하고 검정고시로 고교 졸업장을 땄다. 여자처럼 사근사근한 민구는 아픈 곳을 감싸며 애쓰시는 할머니를 더 이상 고생 시킬 수 없다는 이유로 검정고시 학원에 다녔다. 고교 검정고시로 졸업장을 쥔 민구는 해양경찰 공무원시험 합격을 위해 책이 닳도록 읽고 써 가며 공부했고 형은 공부며 실습 모두 거의 만점을 받았다. 그때마다 담당 선생님이 말씀하셨다.

"뉘 집 자식인지 탐나네. 앞으로도 열심히 해라. 시간은 성실히 사는 사람 편이다."

라고 격려의 말씀을 해 주셨다.

　지금 형은 기술고교 교사임용고시 준비를 하고 있다. 민구는 해양경찰 공무원 시험을 친 며칠 후 면접시험을 보러 갔었다. 민구의 이력서를 들여다 보던 면접관이 공무원도 여러 분야가 있는데 '해양경찰 공무원' 시험을 치게 된 특별한 이유가 있느냐고 물었다.

　"동해 바다엔, 동해바닷속에는 그리운 이가 삽니다. 우리 엄마가요."

　대답하려는데 왈칵 눈물이 쏟아졌다. 면접관이 미안한 듯 얼른 손수건을 꺼내줬다.

　동해 바다엔 오늘도 푸른 눈썹의 수평선이 꿈꾸듯 걸려 있다.

한국동화문학

꼴찌 만세

초판 1쇄 발행 · 2024년 12월 24일

지은이 · 강순아

그린이 · 서 진

펴낸이 · 박옥주

펴낸곳 · 아동문예

등록일 · 1987년 12월 26일

주 소 · (우)01446 서울특별시 도봉구 도봉로 109길 78

전 화 · 02-995-0071~3, 02-995-1177

팩 스 · 02-904-0071

이메일 · adongmun@naver.com/ joo415@hanmail.net

홈페이지 · www.adongmun.co.kr

편집디자인 · 아동문예

ISBN 979-11-5913-450-0 73810

가격 13,000원